幼獣マメシバ

マメシバ一郎

MAMESHIBA ICHIRO

MAMESHIBA ICHIRO

Contents
目次

MAMESHIBA
ICHIRO

主な登場人物

芝二郎……無職の引きこもり。稼ぎは、ネット投稿動画の広告。
芝一郎……二郎の飼っている柴犬。好奇心旺盛。
園子マユ……ペットショップ店員。犬への正義感が強い。
財部陽介……二郎と仲の良い親戚。郵便局勤務。
芝重男……二郎の叔父。二郎を更正させたいと思っている。
芝富子……重男の妻。二郎を何とかしたいと思っている。
芝加代子……重男の娘。二郎をさっさと何とかしたいと思っている。
鎌田晶子……二郎の見合い相手。すぐに玉砕。
鶴牧登……出版社勤務。二郎に写真集の話を持ちかける。
笹山啓輔……動画『美女と犬』の投稿者。
市村景虎……ペットショップ店長。

幼獣マメシバ

マメシバ一郎

序章

二年前、二郎は二万キロの旅に出た。

芝二郎《しばじろう》、三十五歳は、引きこもりである。

生まれも育ちも住まいも実家。父と母と一緒に暮らし、仕事もせずに部屋に籠《こも》る。

その出不精は筋金入りで、家から半径三キロ以上は、足を踏み入れたこともない。

大地主の家に生まれた二郎は、それで生活が、成り立つのだ。

口だけ達者の中年ニート・二郎はそれに甘えていた。

便利で安全で不安のない暮らし。

外の世界は恐ろしい――幼なき頃《ころ》の父の教えが心に染みて、二郎は家の中に引きこもり続けた。

それが突然、終わりを告げる。

父が亡くなり、母が家出した。

一人ぼっちの二郎に母が残したのは、自分の居場所を示すヒントと、ある動物。

生まれたばかりの一匹の小さな柴犬。
マメシバの一郎《いちろう》だった。
二郎には母の意図が分からない。ただただ、一郎の扱いに戸惑うばかり。
初めは、誰かに押しつけようとした。
親戚《しんせき》に、ペットショップに、犬好きの集う会に、一郎を渡そうと躍起になった。
でも二郎は引きこもり。人付き合いなんてしたことがない。
どこに行っても失敗続きで、いつまで経っても一郎と離れられない。
しかも二郎は段々と、本人は気付かないけれど、一郎に情が湧《わ》いていた。
そして。
一郎に背中を押されて、二郎は母を訪ねる旅に出る。
ヒントを頼りに、一郎を連れて、外の世界へ。
半径三キロ以内のテリトリー。それが少しずつ増えていく。
町内から市内、市内から県外へ。
様々な人々との出会いを繰り返して、少しずつ母に近づいていく。
けれど、順調に思えた旅は、一郎の行方不明という形で途切れてしまう。
自分でも意外な程にショックを受ける二郎。一郎は死んだのだと決めつけて、必死に忘れようとする。

でも、忘れられない。

一郎と再会した二郎は、その時初めて、一郎の大切さに気付く。

涙を流すほど、大切なモノ。

それが三十五年生きてきて、初めて出来た。

やる気を取り戻した二郎は、再び母を訪ねる旅に出る。

富士山の山小屋に、母はいる。そう思い、一郎を連れて登山をして。

山小屋にいたのは、死んだはずの父だった。

そこで二郎はこの旅が、二郎を成長させるために母の考えた、壮大な鬼ごっこだったと知った。

父の死も葬式も、すべてが作戦のウソ話。

さすがの二郎も呆《あき》れたが、悔しいかな、母の作戦は大成功。

二郎はちゃんと、成長していた。

それを実感していたからこそ、二郎は更に旅を続けた。

母を訪ねて、一郎と一緒に外の世界を歩き続ける。

その鬼ごっこは数ヶ月に渡り、ついに二郎は母を見つける。

そこはアルゼンチン。日本と比べて、地球の裏側にある国だった。
半径三キロ以内で生きていた二郎。
そのテリトリーは、半径二万キロに達したのだった。

それから一年後。
舞台は再び、芝家に戻る。

第一章　勝手に心を配られてもこまるのだ。

夏、真っ盛りとばかりに、太陽が力強く照りつけてくる。

七月も半ばを過ぎ、暑さも日差しの強さも、いよいよ容赦のないものになりつつあった。アスファルトの道からは陽炎《かげろう》が立ちのぼり、散歩をしている女性とミニチュアダックスフンドから、体力を奪っている。

人間よりも地面に近い犬には、いっそう辛《つら》い暑さ。

それでもミニチュアダックスフンドはご機嫌に尻尾《しっぽ》を振り、リードを引く女性をむしろ引っ張るように地面を蹴《け》っていた。

その犬は別の犬が前から近づいてくると、世間話を始める飼い主をよそに、鼻先を擦《こす》り合わせるように顔を近づけ合う。友達と会えて嬉《うれ》しいのか、尻尾は常にパタパタと揺れていた。

その横を、郵便配達員の自転車が通った。二匹の犬はすぐに反応して、「おじさんおじさん、どこ行くの?」と言わんばかりに興味津々、近づこうとするが、飼い主にリードを引かれてしまう。

郵便配達員——財部陽介《たからべようすけ》、三二歳、おじさんと呼ばれるには少し早い——は、飼い主の女性の「すみません」に「どうも」と笑顔で返し、その場を後にする。

しばらくペダルを漕《こ》ぎ、一軒の民家の前で停止。自転車を降りた。歴史を感じさせる立派な石門。その一部になっている集配箱から手紙を取り出す。二通の手紙に目を通した財部が「おっ」と声を上げた。けれど特に読み込むことはせず、手紙を摑《つか》んだまま引き戸を開ける。

「二郎ちゃーん、入るよ」

返事は待たない。一声掛けるようになっただけ、二年前よりマシになっている。財部は石門を通り抜けて、四角い石畳を進んで行った。

古風な雰囲気で、どこか郷愁を誘うような、大きい二階建ての家。石門の名札には、『芝』と刻まれている。

「あれ?」

その居間に上がり込んだ財部が見つけたのは、この家の住人ではなく、仏頂面を向き合わせている二人の女性だった。

芝富子《とみこ》と加代子《かよこ》。この家の主《あるじ》――と言えるのかは微妙なところだが、今この家に住んでいるのは彼一人なのだから、あながち間違いでもないだろう――その芝二郎にとっては、叔母と従姉妹にあたる二人だ。

「どうしたの二人して。二郎ちゃんは？」

二人は渋い顔でテーブルの書類を見ていたが、財部の質問に富子が渋い顔のまま、二階の方を指さした。

「やってるわよ。飽きもせず」

ああ、そうか。と財部は富子につられるように天井を見上げながら思った。間違いだった。今、この家に住んでいるのは二郎一人ではない。もう一匹、二郎にとって大事な家族――だと思う――が住んでいるのだ。

その一匹。小さな柴犬の一郎がこの家に来た当初は、捨てるだの売るだのと色々悶着《もんちゃく》を起こした二郎だったが、今ではすっかり一郎にべったりだ。特に最近では、一郎と一緒になってあることに夢中になっている。

いや。そう言えば、二郎が夢中になっているあることに駆り出されているのは一郎だけではなかったはずだ。

「え？　じゃあ、おじさんも？」

今度は娘の加代子が富子に倣《なら》って二階を指さし、渋い顔のまま答えた。

「もう二時間。ここの所すっかり二郎さんのオモチャね」

それはまた、と財部は苦笑を浮かべた。

最近の二郎は遠慮を知らない。二年前から一年前に掛けて母親探しをしている時は、周囲も目を見張るような成長を見せ、地球の裏側まで行ってみせた二郎だったけど、それももう過去の話。

アルゼンチンから戻ってきた二郎は、また引きこもりになってしまった。

二郎の心を追い詰めるような、特別な何かがあった訳じゃない。逆に、何も無かったから戻ってしまったのだ。行動範囲の上限が半径二万キロになっても、必要が無ければ出歩かない。二郎の生活は、やっぱり半径三キロ圏内で成り立ってしまう。

更に、一年前から始めたあることに二郎はすっかりと夢中になってしまい、富子の言うように何度も何度も飽きもせずやっている。

なんというか……重男おじさんも災難だ。頑張れ、おじさん。

心中でひとしきり重男を気遣った財部は、富子の対面に座りこんだ。

「それで、二人は何してるの？」

「作戦会議」

富子が渋い顔の額にいっそうシワを寄せて、テーブルの書類を見せてくる。

「電気水道ガスの督促状。全部うちのポストにねじ込んであったのよ」

「二郎ちゃんが？」

「他に誰がいるの」

いないと思う。むしろ赤の他人の仕業だったら、悪戯として無視できたか、迷惑行為として通報できたと思う。

「うちにも二郎さんがとった寿司代の請求来たわよ」

加代子の呆《あき》れ混じりの言葉に、財部は思わず吹いてしまった。

「そこまで人にぶらさがれるのも一種の才能だね」

「なに感心してるのよ。私たちただの親戚なのよ。親じゃないんだから」

財部は富子にジロ、と睨《にら》まれる。相当、溜《た》まっているものがありそうだ。

財部は誤魔化すように、集配箱に入っていた二通の手紙を二人に見せた。

「その親から。良男《よしお》おじさんはすっかり山小屋の主人だね」

二年ほど前にあったある騒動の間、二郎の父・良男は、富士の山中にある山小屋の中で暮らしていた。その期間は一年近くに及び、当時は山小屋生活を退屈に感じてたびたび家に戻っていたという話なのだが、今では逆に山小屋の方が気に入ってしまったようだ。

封書に同封されていた写真の中で、良男はその山小屋――『芝小屋』をバックに、マメシバの三郎、ドーベルマンのギブミーと一緒に、仲良く笑顔で写っている。

「鞠子《まりこ》さんは――」と二通目、二郎の母が送ってきたエアメールの住所を確認する。

「べ、ベネ……」英語で読みづらい。「ベネズエラ？　だってさ」

財部は言って、富子に二通とも差し出した。

富子は二通を（特に写真部分を）目を眇《すが》めて確認して、大きくため息をついた。

「いい加減にして欲しいわよ。親戚に息子任せてのんきに世界を渡り歩いて。督促状転送してやろうかしら、そのベネ……ベネなんとかに」

母の鞠子は看護師の服装で、異国の子供たちに囲まれている。順調にヘレンケラーを続けているようだった。

しかし、富子や加代子にとっては、その順調さに腹が立つのかもしれない。

「まあまあ。元気で何よりじゃないの」

「ちょっと。温度差感じるわね」と加代子。「そんな風にのんきなこと言ってると、陽介の家にも請求書が届くようになるわよ。その内、自分が配達した覚えのない封書がポストに入ってるようになるんだから」

「まさか」

財部は笑い飛ばそうとするが、思わずその笑顔が固まってしまった。

二郎ならばやるかもしれない。いや、多分やる。

財部としては、二年前のCDデビューの一件など、二郎に恩義を感じているところもあるので、寿司の代金程度なら払うのも吝《やぶさ》かではない。だが、そんなことはないに越したことはないのも確かだ。

笑顔を固めてしまった財部を見て、富子が詰め寄るように言ってくる。

「いい、陽ちゃん。二郎君があのままじゃ、私達が困るんだからね。あんたも真面目に考えなさい」

「そりゃ、考えてるけどさあ」

財部はげんなりとして、背中の後ろで畳に両手をついた。その勢いで、天井——その上にある二階を見上げ、今、そこにいるのであろう重男《しげお》の姿を想像する。

重男が二郎を心配しているのはよくわかる。引きこもりニート生活が身に染み付いてしまった二郎に社会復帰してしっかりとしてほしいと願っているのもわかる。

「でも、今のおじさんのやり方はおかしいって」

二郎の昔からの、唯一の友達とも言える財部からしたら、あまりに的外れな方法だし、二郎に対してでなくとも、ちょっと強引ではないだろうか。

けれど富子は、ムッとして強い口調で言ってくる。

「おかしくないわよ。昔っからね、放蕩《ほうとう》息子をしっかりさせるには、所帯を持たせるのが一番って相場が決まってるの」

「それでお見合いって？」

財部は顔をしかめて嫌そうに言った。やはり的外れだし強引だと思う。

「しょうがないじゃない。あの二郎君が誰かと恋愛とかすると思う？　思わないでしょ。だからお見合いさせてるの」

「まあ、連戦連敗なんだけどね」

「それは……」

娘の横槍に、富子の強気が弱くなる。でも、加代子の言う通りである。

あの二郎ちゃんに、お見合い・結婚・所帯なんて、想像も出来ない。それに、だ。

「そもそも、本人はお見合いなんて思ってないよ」

やる気どころかその気すら無い人間に、どうやって結婚させようと言うのか。富子は、何とかなると思っているらしい。

「いいのよそれで。お見合いなんて言って、あの二郎君が素直に言うこと聞くはずないもの。だから、気付かれないように、犬のお友達探しってことにしてるんじゃない」

「なんだかなあ……」

「なんだかって何よ」

そこで富子が、心配そうに二階の方を見た。

「父さん責任感じて必死なんだから」

つられて加代子も、同情するように二階の方を見る。

「ご機嫌取りも大変よねぇ」

つられて財部も、他人事のように二階の方を見る。

「ヒマなんだね」

「定年後のセカンドライフ、バカにするんじゃないの」

富子にキッと睨まれた財部だった。


一方その頃《ころ》、二郎の部屋では。

二郎の叔父・重男が床に横になって、うたた寝するように目を閉じていた。その頭には、二年前とは比べものにならない、豊かな髪の森が茂っている。

どう見ても、カツラである。

そこへ、マメシバの一郎が近づいてきた。散らかった床を、周りをクンクン嗅《か》ぎながら、ヨチヨチと進んでいく。そして、小さくてクリッとした瞳《ひとみ》が、重男のカツラにターゲットを定めた。フサフサな疑似頭髪に食いつく一郎。カツラがズルリと、頭から取れる。

重男がピクッと動いて、起き上がる。カツラをくわえたまま去って行く一郎の後ろ姿に、腕を伸ばして声を掛ける。

「オイ。コラ。イチロウ」

棒読みだった。

「カット!」

重男は声の響いた方へ振り向いた。

ビデオカメラを構えていた二郎が、不満げな顔を浮かべていた。

「おじさん、ヅラなめてるでしょ。うん、なめてるよね。いや、ヅラを装着している全国民のメンタリティをなめてるんだよね、うん」

「ダメだったか?」

どこがいけなかったのだろう、といった風な重男の態度に、二郎がたたみ掛けるような早口で告げる。

「自分はとっくのとうにカミングアウトしたからって、今日本にカツラつけてるけど絶対

バレてないってバレバレなのに信じてる人がどれだけいると思う？」

「そこまで考えてなかったな」

「命なのよヅラは、うん。命をこんな獣に取られて、そこは驚天動地でしょ」

「確かに」

「うたたねの老人のカツラを盗む一郎という笑える癒《いや》し映像なんだから」

そう言って、二郎は一郎からカツラを取り上げた。重男に向かって投げる。

「さあ。もう一度いくよ」

カメラを構える二郎。一郎も、出待ち位置に自分からスタンバる。しかし重男は、カツラを手に持ったまま動かない。

「ちょっと二郎。休憩いいかな」

「よくない」

にべもない二郎。重男はカツラをかぶり直す。

「ヅ、ヅラのメンタリティ整えたいから」

二郎は黙って、カメラを置いた。

あからさまにほっとした表情をつくる重男を横目に、二郎はパソコンの前に座り込み近くに放り出してあったうまい棒の袋を開け、口に放り込む。うまい棒をかじりながら、キーボードを叩《たた》き、マウスを動かす。うまい棒が無くなった。袋を丸めて、ゴミ箱に投げる。外れた。後で捨てれば良いと、画面を注視したまま次のうまい棒に手を伸ばす。

もふっ、とさわり心地の良い感触。触れたのはうまい棒ではなく、側で眠っていた一郎だった。その一郎が「なに？」という風に首を傾げている。構わず、うまい棒を手に取って作業に戻る。

パソコンの画面には、大手動画投稿サイト〝ほほえみ動画〟が映っている。誰かがアップロードした動画を見てコメントをつけたり、自分で撮った動画をアップロードしてコメントを貰《もら》ったり。気軽なコミュニケーションや手軽なクリエイションを楽しめる、インターネット上の空間である。

ただし二郎の場合、少し目的が違っている。

無言のまま二郎が見ているのは、二郎がアップロードした動画の一覧ページだ。『老人と犬』というタイトルで、百本以上の動画がたまっている。そのアクセス数は、多い物だと、十万を越えていた。

無表情な二郎。ただ、パソコンを操る手は、どことなく軽快だ。そんな二郎の横に、にゅっとカツラを着けた重男が顔を出す。

「二郎、今度の一郎のお友達なんだが……」

写真を見せられて、またか、と二郎の眉間《みけん》にシワが寄った。

重男が二郎に見せてきた写真には、華やかな着物を着た女性が写っていた。にっこり微笑んで、膝《ひざ》の上にはチワワがいる。まるで、犬の方がついでに見える。

「明後日《あさって》呼んであるから」

とんとん拍子に話を進めていく重男。

仕方なく、二郎は疑問を素直にぶつけた。

「あのさ、たかが犬の友達探しにこの人は何してるわけ？」

これが普段着というなら、お会いするのは御免こうむりたい訳だが。

そんな二郎の不満とも言える疑問に――。

「飼い主同士だって大事じゃないか」

重男の声は上擦っていた。

「あれ？　おじさん実は何か企んでるんじゃない？」

「何かって……」

「分かった。犬にかこつけて若い女性とお近づきになりたいんでしょ」

「そんなわけないだろ」

口ではそう言うが、何かを隠しているのは態度で明白だった。

「隅に置けないね。僕はとんだピエロだ」

まったく、とんだ叔父である。セカンドライフを楽しみたいのは分かるけど、まさか甥《おい》と犬を利用するとは。カツラの下の乏しい頭髪とは違い、意欲は盛んだ。

呆れて、再びキーボードを打ち始める。

そんな二郎の姿に、重男はどうしたものかと、カツラ越しに頭を掻《か》く。

「俺はただ、一郎が他の犬と遊べないからかわいそうだと思って」

「かわいそくないし。散歩連れてってるし」

「だってお前、人とか犬とか全部避けて帰ってくるだろ」

重男は偶然、見てしまったのだ。二郎は一郎の散歩の時、前方に人の姿を見つけると、すぐさま方向転換をして別の道を進んでいく。重男は気になって、翌日、散歩のはじめから最後まで尾行してみた。すると予想通りだ。犬を連れて散歩する飼い主同士の談笑なんて、一度だって見ることは出来なかった。

それが、今の二郎なのだ。

「不必要なんで。無駄口とか馴《な》れ合いとか」

「二郎、大事なんだよ。人とのコミュニケーション」

「ヅラで言われても説得力ないのよ。カツラを被って人を謀《たばか》ってる人に、人とのコミュニケーションとか語ってほしくないよね、うん」

本当に、にべもない。社会で生きるために必要な力を、自立するために必要なスキルを、二郎は一顧だにしようとしない。

こうなったら、真摯《しんし》にお見合いだと明かして、しっかりと話し合うべきだろうか。

重男はそう思い、カツラを取った。

「二郎、実はな……」

「ちょっと、メンタリティ」

カツラをかぶり直す。

「あのな、二郎。俺は心配なんだよ。いや、俺だけじゃない。母さんや加代子だってお前のことを心配してるんだよ」

「心配となっ　心配とは心を配ると書くけども頼んでもないのに配られる方の身にもなってほしいよね、うん。郵便物や宅配便だって受取拒否できるのが今や常識だと言うのに無理矢理配られた心を受取拒否すると落伍者だの人間失格だの言われるのはおかしいよね。間違ってるよね。理不尽だよね」

まくし立てるように早口で言う二郎だったが、それを見る重男は呆れた表情で、どこか可哀想なものを見る風情さえある。

「お前な、二郎。気に入らないことがあると訳のわからないことを言って煙に巻こうとする癖、なんとかならんのか」

「なぬぬ？　訳のわからなくないよね。むしろおじさんの方が訳がわからないよね」

「そりゃ俺だってお前が自立してしっかりしてくれたら、しなくてもいい心配なんかせんよ。でもな――」

「自立」

二郎は鸚鵡《おうむ》返しのように呟《つぶや》き、元々細い目をさらに細めて重男を見る。

「おじさんアフィリエイトって知ってる？」

重男の言葉を遮って、二郎がパソコンの画面を指さした。のぞき込んでみるが、パソコンを扱ったことがない重男には、どれを指して言っているのかすら分からない。

「アフ、アフ？」

「こうしてユーザーが多い映像を出してると、勝手に誰かが広告入れて、勝手に誰かがお金をくれるって寸法」

どれを指しているのかは分からないが、何を言っているかは分かった。

「そんな、夢みたいな」

苦笑した重男の目の前に、一冊のノートが差し出された。

「もう百万たまった」

二郎の言葉に、思わずノートを受け取って凝視する。日付と一緒に記された、備考と数字。減ったり増えたりしている数字は、広告代という欄で何度もプラスされていて、現在貯金額を示す最後の数字は、七桁。

本当に百万円を超えている。

「マジか……」

「できちゃってるのよ、自立」

重男はぐうの音も出ない。いや、しかし、それだったら……。

「だったら、電気代とかお前」

「それは別腹」

やっぱりにべもなく断ち切って、立ち上がる二郎。それに合わせて、一郎も起き上がる。

一人と一匹が、定位置についた。

「さあ、やるよ」

「ちょっと、二郎」

重男の訴えを却下するように、一郎が「ワン！」と吠《ほ》えた。

その日、〝ほほえみ動画〟に、『老人と犬』の新作がアップされた。動画名は、〈カツラ奪取編〉。

再生を始めると、うたた寝をする重男のアップが映し出される。そこへヨチヨチと近づいてきた一郎が、重男のカツラをくわえてむしり取った。

「こらっ一郎！」

慌てて重男は起き上がり、一郎を追いかける。カツラを取ったところを家族に見られてはたまらない、といった風な迫真の演技だ。

一郎は、カツラをくわえて部屋中を走り回る。重男は、それを追いかけるも、取り逃がしてしまう。

そこで映像がスローになる。同時に、クラシックが流れ出した。曲はプッチーニで、『誰も寝てはならぬ』。

曲に合わせるように、スロー映像で、重男が一郎を取り逃がしていく。手を伸ばして、すり抜けられる。飛びかかって、すり抜けられる。ゴミに足を取られて、尻《しり》をつく。まるでコメディ映画のように、一郎に翻弄《ほんろう》される重男の様子がスローで延々と流れ続けた。

最後は疲れ果てた重男の横で、カツラをベッドにして寝ようとする一郎の姿がアップで映り、曲と映像は終了した。

今回の動画も、まあ悪くない。いつものアクセス数ぐらいは稼げるって寸法。

そんなことを思いながら、二郎は一郎と一緒に、近くの土手を散歩していた。途中途中でルート変更はあるものの、基本的には使う道。馴染《なじ》みのペットショップを折り返し地点にして往復する、一キロ程度の軽い散歩だ。

と、二郎は前方を見て足を止めた。犬を連れた二人の女性。楽しそうに談笑している。

「……」

回れ右。いつも通り、ルート変更。来た道を引き返そうとする。が、一郎が尻尾を振って、ぐいぐいとリードをひっぱり行きたがる。こうなった一郎は、言う事を中々聞こうとしない。

仕方なく、歩みを進め、二人の女性と二匹の犬に、近づいて行く。目をそむけて、そのまま通り過ぎようとするが……。

「あらあ、かわいいワンちゃん！」

「……」

食いついてきたよ。

うんざりする二郎だったが、犬同士はお互いに興味津々、猛然とジャレたがっている。なんとも社交的だ。そういうのはいらない。いらないよ一郎。

片方の女性が、一郎に向かって挨拶《あいさつ》した。

「こんにちは。わあ、すごい遊びたがってる」

次に、もう一人の女性が二郎に聞いてくる。

「いくつですか？」

「三十七です」

二郎の素っ気ない言葉に、女性がクスリと笑った。

「やだ。ワンちゃんですよ」

「知っててワザとです」

それも冗談だと思ったのか、女性たちは笑顔を崩さない。一人が、一郎の頭を撫《な》で始めた。一郎は気持ちよさそうに目を細める。

二郎の眉間に、シワが寄った。

「柴ですよね。こんな人懐っこい子珍しい」

「お名前は？」

「名乗るほどのものではありません……あの、もういいですか？」

「え？」

二郎の呟《つぶや》きに、一郎に注目していた二人の顔が一斉に上げられる。

そして――。

「犬挟んで通じ合ったことにする信頼関係に興味ないんで」

早口で捲し立てた二郎に、二人の表情から笑みが消えた。

「……では」

一郎を引っ張る。まだまだ遊びたがっていた一郎だったが、二郎が先に進んでしまうので、名残惜しそうに振り向きながらも、ついて来た。

その場を足早に去りながら、二郎は思う。

そうだ。興味ない。必要もない。充分、自立出来ている。他人とのコミュニケーションなんて、僕には不必要なのだ。


犬用オモチャを、次々にカゴに入れていく。二郎の手つきに迷いはない。というより、選んでない。目についた物は、片っ端からご購入だ。

「買いますねぇ、日替わりオモチャ。うらやましいなあ」

そう言ってレジを打つ店員の市村景虎《いちむらかげとら》は、いつもと変わらず、珍妙な格好をしている。

普通は、パジャマとして着る物だと思うのだが。白と黒のツートンカラーな、ダルメシアンを模した、全身一体のフード付きパーカー。なんと尻尾までついてる。初めて見た時は、この店の制服かとも思ったが、着ているのは景虎だけだった。

摑み所のない間延びした感じといい、変なヤツだ。

「いいカモだと思ってるでしょ。この前買ったオモチャ、瞬殺だったぞ」

「嚙《か》みたい年頃《ごろ》なんですよ」

どんな年頃だ。人間でいう、金属バットで校舎の窓ガラスを割っちゃうような、思春期まっただ中ってやつか。どっちにしろ、二郎には理解しがたかった。

そして、理解出来なくとも、レジに表示された金額はピッという音と一緒に、みるみる増えていく。二郎は財布を取り出し、一万円札を提示した。

「まあ、金ならあるからね」

自立、しているからね。こうやって、一郎のオモチャだって大人買い出来るのだ。

「いいなあ。お金持ちは」

景虎はうらやましそうに微笑みながら、打ち終わった商品を袋に詰めていく。

二郎は悪い気はしない。

「労働してればね、お金って入るものよ」

「働いてるんだけどなあ。貧乏ヒマなし」

「もっと顧客満足度上げんとね」

なんてアドバイスを出しつつ、景虎が詰め終わった袋に手を伸ばす。しかし、景虎の手が袋を奥へ引いた。

「あ、それじゃあお客さんに、一つお勧めしてみようかなあ」

景虎はそう言ってレジ下から、商品を一つ取り出した。

「じゃじゃーん。これ、なんだと思います？」

「知らない、会計して」

「これを首輪に付けるとですね。なんと、一郎ちゃんの言葉が分かるようになるんです。〈ワンゲージ〉って言うんですよ」

「知らない、それより会計」

「これ足すと、一万円じゃ足りませんけど」

「顧客満足度なめてるしょ」

ピシャリと言うと、景虎は残念そうに会計を始めた。

土手を歩いて、一郎と一緒に帰路につく。

日が傾いてきて、空が赤みを帯びてくる。この時間帯は、犬の散歩を始める飼い主がそこかしこから出現してくる。急いだ方が良さそうだった。

早足で、土手を進んでいく。幸い前方には、自転車に乗る子供や、ジョギングする青年の姿しかない。今のうちに、この面倒ゾーンを抜けなければ――。

と、ジョギング青年とすれ違う。

「あれ、一郎くん？」

そう言われた二郎は、ピタリ、と思わず足を止めてしまった。

振り向くと今すれ違ったばかりの青年が、中腰になって一郎を見つめていた。

「やっぱり一郎くんだ。そっすよね？」

人なつっこい笑顔で、二郎に確認を求めてくる。

まさか、犬を連れた人間以外に捕まるとは思わなかった。しかもこの青年、一郎のことを知っているようだが。

「君は何者かね」

「あ、俺？　俺はただのファンっす」

「ファンとな」

「動画『老人と犬』の。この犬、あれに出演してる一郎くんっすよね？」

「……その通りだけども」

素っ気なく返す。けど、態度とは裏腹に、二郎の体は熱くなっていた。

ファン。ファンですと。何万人も動画を見ていることはアクセスカウンターの数字で知っていたけど、実際に会うのは初めてだ。

何故か、心臓が早鐘を打っていた。

そんな二郎の様子には気付かず、青年は二郎の方にも食いついてくる。

「ってことはおじさん、あれの投稿者？」

「そうなるね」

「マジで？　うわ、はじめまして！　俺、笹山啓輔《ささやまけいすけ》って言います」

二十歳っす、と付け加えて、リードを持っていた手を両手で摑まれる。

無理無理無理無理リームー。このテンションは、相容れない。けど、冷たく振り払うことも出来ない。

「新作見ましたよ、〈カツラ奪取編〉。いやあ、面白かったなあ。犬をあんな魅力的に撮れるなんて、うらやましいっすよ」

「ま、ね」

手は握られたまま、素っ気なく返す。しかし、新作を見たって。ほんの一時間前にアップしたのに。まさか四六時中チェックしているのだろうか。二郎の動画を、見たいがために？

「投稿のスパンも短いっすよね。結構ストックあったりするんすか？」

「ないこともないが。そろそろ放してもらってもいいかね」

「あ、すみません」

慌てて啓輔が手を放す。すぐに二郎は一郎を引いて、歩き始めた。心臓の鼓動を聞かれたくない、このまま大物プロデューサーのように去って……いや、けど少しもったいない気もする。

一度立ち止まり、振り向いた。

「君……」

「笹山っす！」

「知ってる、うん。君みたいな見る目のあるファンがいることは、クリエイターとして喜ばしいね。うん、君のためという訳じゃないけど、新作は早めに上げるとしよう」

二郎が早口でまくし立てると、啓輔は、ぱっと破顔して――。

「わ、マジっすか！　期待してます！」

なんとも心地よい言葉である。

こうして二郎は、熱狂的なファンに見送られ、改めて帰路についた。

こういうコミュニケーションなら、たまには悪くない。

そんなことを思う二郎だった。


それから二日後。

二郎は自室で、うまい棒をかじりながら、パソコンにかじり付いていた。画面に映っているのは、先日上げた『老人と犬』の〈カツラ奪取編〉。

アクセス数は、十五万を超えている。新記録だ。

マウスのホイールを回転させて、コメント欄をスクロールする。「可愛い」、「笑った」を筆頭に、絶賛コメントの嵐。

「期待通りの新作」、なんてコメントもある。思わずコメントチェックも入念になってしまう。

そんな部屋の隅では、財部が一郎に服を着せていた。

「かわいいな一郎。似合ってる。ね、二郎ちゃん見てよ」

二郎がチラリと見やる。一郎が黒いスーツを模した服と赤いネクタイをして、首を傾げて見つめ返してくる。正装しているようだが、お尻《しり》は丸出しである。

バカバカしい。コメントチェックに戻る。

しかし、財部が横からにゅっと顔を出してくる。

「いつまでもそんなもん食ってないで着替えなよ」

そんなもんとは何だ。うまい棒ほど優秀な食べ物はないというのに。安い、美味い、種類が豊富。地域ごとに限定物も作られる、日本伝統のお菓子と言っても過言ではない。少なくとも、犬の友達候補が来る程度で大騒ぎする人間が、バカにして良い食べ物ではないのだ。

「毎度言うがね。なぜにワンコロの為にそうも盛り上がれるかね」

これが重男おじさんだったら、実は若い女性とお近づきになりたいという裏が発覚したから納得出来るけど。財部にはまったく関係も利益もない話である。

しかし財部は、二郎の疑問にムッとなることもなく、一郎を抱き上げてわしゃわしゃしながら言ってきた。

「じゃあ何。一郎が二郎ちゃんみたいになってもいいの?」

「今、婉曲的《えんきょくてき》に僕のパーソナリティを侮辱したな」

「一郎が二郎ちゃんみたいに他人を怖がって引きこもったらどうするのって」

「具体的に繰り返したな。もうべーちゃんは侮辱罪だ」

二郎の方がムッとなって、再びコメントチェックに戻る。

が、横からディスプレイのスイッチを押されてしまう。パソコン本体は生きているが、画面は真っ黒に変わる。財部の仕業だ。

「飼い主に似るんだからさ。二郎ちゃんもがんばってよ」

「がんばりませんよ。昨今のがんばらなくていいブーム知らないの? 一生弱者やってれば食いっぱぐれない国らしいよ日本」

「何バカな事言ってんの」

と、そこへドタバタと足音がして、重男が入って来た。普段着じゃない。タキシードだ。

「いらっしゃったぞ。二郎なんだその格好」

「おじさんこそ何だその格好」

毎度のことながら、逆にかっこわるい。時と場所を選ばないと、正装も間抜けでしかないという良い例だった。

LA MERE
POULARD

ただの、犬の友達探しでしょうよ。自分の親戚たちは、いつから生類憐《しょうるいあわ》れみの令に囚《とら》われるようになったのだ？

しかし二郎のツッコミは流されて、重男が二郎の腕を引っ張った。

「もうそれでいいから。ほら陽介も」

急かす重男に引っ張られて、二郎は居間へと連行された。居間では、着物姿の女性がたおやかに二郎を待っていた。

名前を鎌田晶子《かまたあきこ》と言うらしい。今、重男によって紹介されたばかりだ。写真と同様に膝にチワワを乗せて、優しげに微笑んでいる。

対して二郎は、財部と重男に挟み込まれるように座らされた。逃げられないように、止められるように。これも毎度のことながら、まるで囚人扱いだ。

当の主役である一郎は、二郎の腕でチワワに反応していた。チワワも尻尾を振って反応している。メインイベントだけは順調に進んでるようだ。どうでもいいことに。

と、そんな感想が仏頂面として表れていたのか、財部が取り繕うようにチワワを見て質問した。

「何てお名前なんですか？」

「ツクネちゃんです」

優しげな笑みのまま晶子が答える。

重男も、良い雰囲気を保とうと、つたない笑顔を浮かべた。

「ツクネちゃん。いい名前だ。なあ二郎」

「ノーコメント」

空気が固まった。

そして、愛想笑いで誤魔化す一同。

くだらない。なんなのだ、この茶番劇は。

動画のコメントチェックをしていた方が、ずっとマシだ。それに、そろそろ新作も上げなければいけない。啓輔に宣言してから、もう二日が経っているのだ。あの時はつい大げさに言ってしまったが、動画のストックなど無い。何か良いアイデアは思いつかないものか。

「芝さんは、お仕事は何をされてるんですか？」

創作の思考に更けようとしても、周囲はそれを許さない。だからといって、周囲に合わせて誠心誠意答えるつもりもない。

「個人情報なんで明かせませんな」

「ＩＴ関係をやってます」重男のフォロー。

いや、フォローなんていらないんだけど。

「そうなんですか。頭いいんですね」

「飼い主が頭いいと、犬もそうだと短絡するタイプですか」

「あ、鎌田さんはお仕事は?」今度は財部のフォロー。

両隣とも、なんだか必死だ。

「実家の和菓子屋を手伝ってます」

「要するに家事手伝いですな」

「最近ネット通販を初めまして。私はそれを担当してます」

ネット通販。その単語に、両隣が食いついた。

「あ、じゃあ二郎とも」と重男。「話が合うかもね」と財部が続ける。

合うわけがない。二人とも何を言っているのだろう。ネットってだけで何でもかんでも一緒くたにするのやめてくれないかな。球技ってだけで野球とサッカーを同じスポーツだと言い張るようなものだ。

「二郎ちゃんも前に俺のCDをネット通販してくれてたじゃない」

二郎の心中の不平を読んだような言葉を財部が言うが、二郎にとっては「だから何だ」としか思えなかった。

「僕と話があっても仕方ないでしょ。さあ、そろそろ後は若い二人で」

飼い主ばかり情報交換しても仕方ない。

二郎は一郎を手放した。晶子の膝からも、ツクネが喜んで飛び出した。

晶子の周りで、二匹がじゃれ合う。追いかけ合ったり、互いの匂《にお》いを嗅いだり。中心の晶子も、それを見て幸福そうな笑みを浮かべていた。

が、やんちゃな二匹の遊びはエスカレートしていく。たまたま一郎の顔に当たったのを切っ掛けに、晶子の帯を二匹が引っ張りだした。笑っていた晶子も、少し困った表情になる。

「もう、二人とも……」

それでも笑いながらたしなめるが、一郎は構わず帯を、ツクネは噛むところを変えて裾《すそ》を引っ張り続ける。ぐいぐいと、畳に爪《つめ》を立てて。楽しそうに、まるで綱引きをしているようだ。

可愛い、でもやめて欲しい。

そう困惑気味に二匹を相手取っていた晶子が、ふと顔を上げると。二郎が、カメラを構えて撮影していた。

「あの……何を」

「ＩＴ関係の仕事です」

二郎のアンテナが面白電波を受信する。

これはビッグチャンス。一瞬だって取り逃せない。

「ちょっと、やめて下さ……」

晶子もさすがに怒って文句を付けようとしたが、そこで二匹の悪戯が激しくなる。引っ張る力が強くなって、晶子は両手を畳についてしまう。晶子が立ち上がろうとしたその時、帯の結び目が少し緩んだ。二郎はそれを見逃さない。

「はい。おじさんイン」

「は？」

「早くイン！」

言われるがままに、重男は立ち上がった。


十分後。芝家の玄関で、重男と財部は、憤然とする晶子を見送りに来ていた。晶子はツクネを抱いたまま履き物を履く。少し乱れた着物を見て、重男は何度目とも知れず頭を下げた。

「本当に、申し訳ありませんでした」

「シャイな方って言ってましたよね」

「はい」

「シャイなんで犬連れで来てくれって。お見合いって言うと畏《かしこ》まって喋《しゃべ》れない位だからって」

「……まあその」

「真逆じゃないですか」

晶子の怒りもごもっともだった。重男が言っていた人物像を想像していて、あの二郎とお見合いをさせられれば、誰だって困惑し、怒りを覚える。

「シャイの裏返しでして」

財部が精一杯の愛想笑いでフォローするが、晶子はプンプン怒って、許してくれる様子はない。

「土下座までして頼まれたから来たけど。来るんじゃなかったです」

そう愚痴を零《こぼ》して、帰ってしまった。重男と財部ではどうしようもなく、ただ顔を見合わせるだけだった。

怒らせた張本人である二郎は、この場にいない。

二郎は、自室にいた。今撮ったばかりの映像を、早速パソコンで編集している。思わぬ収穫に、傍目《はため》から見ると分からないが、興奮していた。うまい棒も手に取らずに作業に没頭しているのがその証拠だ。

二郎を側で見ている一郎も、尻尾をパタパタ振って楽しそうだった。

一通り編集が終わったところで、タイトル欄に〝『老人と犬』〈アーレー編〉〟と打つ。

「よしと……」

再生ボタンをクリック。動画が再生される。最初にデカデカと、タイトルが出る。

〝『老人と犬』〈アーレー編〉〟。

画面が変わる。芝家の居間で、正座した晶子が困惑したような苦笑いを浮かべている。帯に一郎が嚙みついて、一生懸命引っ張っている。裾にはツクネが嚙みついて、一心不乱に引っ張っている。

そこで晶子の視線がカメラを捉《とら》えた。何かを言っているが、音声は編集で消されている。晶子が、たまらず立ち上がったところへ、シリーズの主人公とも言える重男が、何かに急かされたように登場。一郎を抱きかかえて、引きはがそうとする。

しかし一郎は嫌がって、重男から逃れようと、帯をくわえたまま駆けだした。緩んでいた帯が、ほどける。更に引っ張られ、ピンと張り。

そして——。コマの様に、晶子がくるくる回りだす。

お決まりのスロー映像。クラシックも流れ出す。曲はモーツァルトで『トルコ行進曲』。

くるくると、晶子が回る。スローながら、その回転っぷりは見事なものだ。

しかし帯の長さには限りがある。回転していた晶子は、帯がほどけると遠心力に翻弄《ほんろう》され、縁側まで転がってしまう。

そこまで追ったところで、カメラは一郎へ。帯をくわえたまま、晶子を見ている。

更にカメラは重男へ。どうしていいか分からないとばかりに、呆然《ぼうぜん》としていた。


芝家の居間で、重男と財部は、タバコをくゆらす。夕暮れ独特の寂寥《せきりょう》感《かん》が漂う中、長い沈黙の後、財部が口を開いた。

「やっぱ無理あるよ」

今までも何度か口にした言葉。

「だからって、他にどうするんだ」

だから、重男から返ってくる言葉も同じだ。繰り返されるやり取りに、二人してため息をつく。

「そもそも何でおじさんは二郎ちゃんを結婚させたいの？」

「あんなもん一人でいさせられないだろう」

「だからっておじさんがそこまで必死にならなくたって」

二郎を見ていると、余計に分からない。自立しているつもりな二郎。他人とのコミュニケーションなんて必要ないと断ずる二郎。

財部は、二郎の事は嫌いじゃない。でも、やる気のない本人のために、重男がここまでがんばる意味が分からない。

そんな財部の不満に、重男も感じていた物があったのか。煙を一度大きく吐き、重々しくつぶやいた。

「……兄貴への恩返しだ」

「恩返しって？」

「俺も昔、引きこもりだったんだよ」

「うそ」

初耳だ。三十二年間、重男の甥をやってきて、初めて知った。

重男はテーブルを見つめて、遠い昔を思い出すように告げる。

「ずっと家から出なかった。人が怖くてな。二十五の時、兄貴が富子と無理矢理お見合いさせたんだ。あれがなかったら今の二郎と変わらなかった」

「そうだったの」

財部の相づちに、重男は苦笑を浮かべた。自分の情けない過去を甥に明かした叔父は、それでも横顔に強さを漂わせながら、二階にいるもう一人の甥を見上げる。

「だから分かる事もある。あいつだって、自分を何とかしたいと思ってるはずだ」

「……」

だと良いけど。

財部には、心の底から賛同することは出来なかった。


動画を上げた二郎は、そのまま家計簿をつけ始めた。アフィリエイト収入と、犬用グッズやうまい棒代等の支出。それらを足し引きしていくと、残金が少し減っていた。百万円をギリギリ保っている状態だ。

ふとベッドの方を見ると、一郎がオモチャをカミカミしている。さっきまでピーピー鳴っていたオモチャは、壊れて鳴らなくなっていた。

「またオシャカだよ。家計というものを考えて噛みなさいよ君は」

呆れて注意するが、一郎に分かるはずもない。

鳴らなくなったオモチャをポロリと捨て、部屋の中を物色しはじめた一郎を見て、二郎はふんと嘆息をついて、家計簿を閉じた。

まだまだ余裕とはいえ、収入が支出を下回っているのは問題だ。

パソコンを開きながら、何か上手い手はないかと考える。

外で働かずに収入を増やす方法。口うるさい重男や財部を見返す方法。

まあ、簡単に思いつくなら、人生に苦労なんてありはしないけど。

と、そこで二郎は、パソコンにメールが届いていることに気付いた。

「およよ」

珍しい。私的なメールは今まで皆無だし、登録してるサイトだって〝ほほえみ動画〟だけだから、広告メールも滅多に来ない。

となると必然、〝ほほえみ動画〟関連だと思われる。

そう当たりを付けてメールを開く。二郎はその文面に眉をひそめた。

「……出版社？」

第二章　犬は金ヅル、家族だなんて思ってませんから。

暦は八月。

夏至も海の日も過ぎたというのに、太陽は張り切る限度も知らずに地上を熱している。二郎にとっては、引きこもるには丁度良い季節だ。クーラーを全開にして「寒い」と呟《つぶや》くような、とんでもない贅沢《ぜいたく》を味わえるのだから。

ただし今は来客中。二郎は玄関の上がり口に座り込んで、何やら紙の束を見ていた。目の前では、壱《いち》書房の編集者・鶴牧登《つるまきのぼる》が上がり框《かまち》に腰を下ろして、その紙の束について説明をしている。が、二郎はそれに集中するばかりで、説明は耳に入れてなかった。

その紙束には、たくさんの一郎と、少しばかりの重男が写っている。

『老人と犬』の写真集の企画書だ。一郎も、二郎の隣で企画書を見ていた。写っているのが自分だと分かっているのかいないのか、耳をピクピクさせたり尻尾《しっぽ》をパタパタさせたり、嬉《うれ》しそうだ。

「まだ企画書段階ですけど、早く芝さんに見ていただきたくて」

そんな鶴牧の言葉にも、二郎は返事の一つもせずにじっくりと、企画書を確認する。収入に直結する問題なのだから、当然だ。

いまから十日ほど前、二郎のパソコンに届いたメールこそ、『老人と犬』写真集化の提案だった。

ここにいる鶴牧が、今話題の犬動画を商業に用いようという企画を上司に出し、ゴーサインが出たから、二郎にコンタクトを取ってきたのだ。

二郎としても、渡りに船。支出を超える収入を得る、絶好の機会だった。

そんな二郎の思惑を理解しているのか、鶴牧は二郎から返事がなくとも笑顔を崩さず、一郎の頭を撫《な》でながら言った。

「動画からおこした写真なんで荒いですが、これに一郎君の撮りおろし写真を盛り込もうかと思っています」

そんなのは当たり前だ。動画から切り取った写真だけで、ユーザーが満足するはずがない。荒くてもいいなら、写真に切り取るぐらい家庭でも出来る。

それよりも、二郎は別のところが気になった。

「この文さ、誰が書いたの？」

「え、ライターに頼んでますけど」

「センス無いね。これじゃせっかくの写真が台無し」

写真に付けられてるうたい文句の部分を、ぺしぺし叩《たた》く。『ワンっぱくな一郎くん』とか『鬼のイヌ間に悪戯』とか『まさにワンだふる！』とか、これじゃあ心が温まる前にオヤジギャグで凍えてしまう。とてもじゃないが認められるもんじゃない。

鶴牧も企画書をのぞき込んでくるが、違いの分からない男なのか、首を傾げて「そうですか？」と言った。

「センスが無いのは万死に値すると誰かが言ってたよ」

「あの、直させますんで、どこでしょう？」

全部だよ。百パーセントおかしいのに、少しくらい直したところで改善されるとは思えない。

「んー……仕方ない。僕が書く」

二郎の言葉に、鶴牧が「え」と食いついた。

「芝さん書けるんですか？」

「見くびってもらっては困るよ。こう見えてユーティリティプレーヤーよ」

「それは助かるなあ」

感心するように鶴牧が言った。二郎の口端がピクリと上がった。

これでも昔は、高頻度でブログもやっていたし、アクセスランキングだってそれなりのものだった。外国語だっていくつかマスターしている。出来る人間というのは、何をやっても出来るものなのだ。もちろんそういう人間には、それ相応の対価を用意してもらわないと困る訳で。

「ついては印税設定も、それなりに揉《も》んで叩いて膨らましといてね」

「……あ、ちょっと上と話してみます」

鶴牧の表情がヒクヒクと引きつった笑顔になる。不満なのだろうか。助かるって言ったくせに。

と、視線の下からガサゴソ、何かを漁《あさ》る音が聞こえた。見ると、一郎が鶴牧の鞄《かばん》に顔を突っ込んでいる。二人の視線に気付いたのか、一郎が顔を上げると、その口に二郎が持つ企画書と似た物がくわえられていた。

「あ、こら、一郎君」

慌てて鶴牧が取り返そうとするが、二郎がさっと奪い取る。それも写真集の企画書だった。タイトルは『美女と犬』。

「なにこれ」

「最近人気が出てきたやつでして」

そう説明する鶴牧の額には、冷や汗が浮かんでいた。開いてみれば、たくさんの写真に、柴犬の子犬が写っている。しかし二郎の物とは違って、一緒に写っているのはタイトル通りの美女だ。しかも、写真ごとに別の美女が写っている。

おそらく、街中を散歩して出会った美女に、柴犬を絡ませているのだろう。

二郎はそれを、じっくりと検《あらた》めていく。いたたまれない気持ちになった鶴牧が声音を高くして、説明しだした。

「芝さんの動画を、多分、参考にしてると思うんですけど」

「参考というかパクりだろ」

鶴牧の口から乾いた笑いが零《こぼ》れる。それでも「いやいや」と誤魔化すように、二郎の機嫌を取ってくる。

「リスペクトなんじゃないですかね?」

「でた。便利な言葉リスペクト。相手を傷つけずにパクるのに最適」

「そんなんじゃないですって」

そのまま黙って『美女と犬』を検めた。結局、その日の打ち合わせは、なし崩し的に終わってしまった。

鶴牧が帰ったあとすぐに、二郎はパソコンを開いた。馴染《なじ》みの〝ほほえみ動画〟。いつもなら自分の動画のアクセス数やコメントチェックに勤しむところだが、検索エンジンに「美女と犬」と打ち込む。

検索された動画がズラリと並ぶ。二郎の『老人と犬』程の数はない。けれどアクセス数は、三十万を超えていた。二郎の倍以上だ。

「……」

うまい棒をかじりながら、最新の動画をクリックする。

動画が流れ始めると、一郎と同じくらいの大きさの柴犬が登場した。街中で、スカートの女性を後方から追撃している。

女性は笑顔でスカートを押さえている。「こーら」と優しく柴犬をたしなめる。その美しい横顔が、アップで映し出される。

が、カメラで撮られているのに気付くと、表情一転、文句を言って来る。いや、言って来る感じだった。何かを口にする前に、動画はぷっつりと終わった。

動画を見終えた二郎は、アゴに手を当てて考える。

控えめに見ても、自分の物より面白いとは思えない。タイトル通り、ただ美女と犬を映しているだけ。微笑ましい悪戯も面白いハプニングも無く、ただ、映してるだけ。

それでも、このアクセス数だ。理由が考えられるとしたら――。

「……美女ねぇ」

そんなに需要があるものなのか。試しに、撮ってみても良いかもしれない。

思い立ったが吉日。二郎は一郎を連れて加代子の家へ向かった。

庭掃除をしていた加代子を捕まえ、事情を話し始める。一郎を抱いたまま、『美女と犬』の大ヒットから、美女の需要検証までを説明。

しかし……。

「なんで私まで協力するのよ」

元々、重男ほど二郎の更正に積極的でない加代子は、当然の態度だ。そして二郎も――。

「正直、君でいいとは思ってないんだが。君ぐらいしか思い当らんのでね」

この態度だ。財部とも違い、親戚といっても二人の仲はそれほど良くない。かと言って悪くもないのだが、お互い、積極的に関わろうとしてこなかった。

加代子自身、二郎と話す時は重男や富子、財部が大抵いたので、一対一で話すことに少なからずぎこちなさが生まれたりする。二郎の失礼な言葉にも正面から怒ったり出来ず、

「何か不愉快ね」とそっぽを向いて愚痴をこぼすのだった。

そして二郎は、そんな加代子の心境なんて、一片たりともくんだりしない。

「早速撮ろうじゃないか。さ。一郎……」

もう撮る方向で話を固め、一郎に話しかける。

と、そこで二郎は、一郎がバンダナを噛《か》んでいることに気付いた。カジカジと、まるで物に当たっているような様子にも見える。

思わず、およよと固まってしまった。加代子が不思議そうに口を開く。

「どうしたの？」

「一郎が嫌な事があった時のしぐさ。バンダナカジカジ」

加代子が不愉快そうに口を曲げる。

「何かすごく失礼ね」

自分との共演を、嫌な事扱いされたと思ってるらしい。真実は一郎のみぞ知るだが、一郎が何かを嫌がってるのは事実だろう。

「これ始まるとスト起こすんだこいつ」

「え、私？　私が原因？」加代子が困惑した様子で自分を指さしている。

本人がそう思うなら、そういうことにしておこう。

「どうやら手近で済ませ過ぎたようだ」

「うわ、ものすごいヤな気分」

「邪魔したね。やはり老人がいいか一郎」

そう言って、二郎はスタスタと加代子の家を後にする。

二郎の退場に、加代子は緊張をほどきつつも、呆《あき》れたように呟いた。

「まともに働きなさいよ、もう」

二郎は聞こえていたが、聞く耳は持たなかった。

一郎が嫌がるのなら、美女とのツーショットは諦めるとしよう。

そもそも二郎の動画のタイトルは『老人と犬』だ。〈アーレー編〉のように偶然という か幸運の産物で美女が写ってしまうパターンならともかく、最初から美女目的で撮るのは ユーザーの希望に沿っていない気がする。

主人公は、犬の一郎と、老人の重男。そこは大事。揺らいじゃいけない。売りになって きた要素は保つ。かつ、新しさを見せれば、作品にも深みが出るかもしれない。

今までは『微笑ましさ』『悪戯』『可愛い』といった感情を狙ってきたから、次は『感 動』とか『絆《きずな》』なんかを撮ってみてはどうだろう。

うん、良いかもしれない。そう決断して、早速二郎は行動に移した。

「二郎、来たぞ」

自室で探し物をしていると、重男がひょっこり顔を出した。二郎の呼び出しから、五分と経っていない。

「しばし待ってて。演技への心構えを固めておくと、なお良し」

言って、二郎は振り向きもせず、散らかった部屋のあちこちを漁る。目的の物がどこにあるのか、さっぱり見当がつかない。一郎も一緒に探してくれている――かどうか分からないが、そこら中で鼻をクンクンさせている。

「なに探してるんだ？」

「今回の小道具、草履《ぞうり》」

「なんでそんなもんが部屋に」

「常人じゃ理解できない過程があったのよ、うん。ぼーっと立ってるなら一緒に探して」

「お前が待ってろと言ったんじゃないか」そう言いつつ、重男も捜索に加わる。散らかったゴミや洋服をどかす音が、室内に響く。

「……お前、もう少し部屋をキレイにしたらどうだ」

「やだやだ。そういうお説教は十代までにして欲しいものだね、うん」

「でも困るだろ。せめて掃除、洗濯、炊事くらい出来るように……」

「困ってない。そういうのやらなくても、収入があれば生きていける」

「けど草履……」

「見つけた」

二郎の言葉に、重男も二郎の視線の先をのぞき込んだ。確かに草履が一足、洋服に絡まって置いてあった。埃《ほこり》がついて、あまり綺麗《きれい》な物には見えない。

「それを俺が履くのか」

「そうじゃなくて、一郎に演技させる」

「くわえさせて追いかけるのか？」

「もっと高度なやつ。一郎をなめちゃダメよおじさん」

二郎はそう言うと、一郎の方へ振り返った。すると一郎はそれだけで、二郎の方へと近づいてきた。

「オスワリ」二郎の呟きに、すぐに腰を下ろす。

「オテ」差し出された手に、小さな前足をポンと乗せる。

「三回まわってワン」

お尻《しり》を上げて、ぐるぐるとその場で三度回転した後「ワン！」と吠《ほ》えた。

二郎の横で、重男は感心したようにほう、と息をつく。

「大したもんだな」

「覚えがいいのよ。犬は主人に似るってね」

どこか自慢げに言った二郎は、草履をわし摑《づか》みにして立ち上がった。

「ほら行くよ。部屋が綺麗でも汚くても、ユーザーは待っちゃくれないんだから」

重男を急かし、一郎を抱いて玄関口までやってくると、早速二郎は土間に草履を置いて、その上に一郎を乗せた。するとすぐに、一郎は鼻緒を噛んで遊び始めてしまう。

「そうじゃない。草履の上に寝るの。温めてる感じで」

身振り手振りで教えるが、一郎は二郎の顔をじっと見上げて、たまに首を傾げるばかりだった。隣で中腰になって見ていた重男から、質問が飛んでくる。

「今日はどういうストーリーなんだ？」

「秀吉が信長の履物を懐で温めてたって話あるでしょ。あれよ。忠犬ぶりをアピールして涙を誘おうかってね」

と、そこで一郎が意図をくみ取ってくれたのか、草履の上にペタンと腹ばいになった。

撮影開始だ。

『老人と犬』〈履物暖めてました編〉
廊下の奥から、重男がやってくる。手足を寒そうにさすりながら、玄関まで進んできた。玄関の土間では、一郎が草履の鼻緒を齧《かじ》っている。重男が笑って、一郎に呼びかけた。

「イチロウ。アタタメテクレタノカ」

棒読みだ。声にまったく抑揚がない。

重男は笑って、一郎に手を差し伸べる。しかし一郎は、鼻緒を齧るのが楽しくて楽しくてしょうがないようで、重男の手は無視された。指でツンツンとしても、反応なし。

「カット！」

二郎の声で、カメラが止められた。


二郎がカメラから顔を上げる。

「ノーグッド、気持ちがこもっていないって寸法。それじゃ一郎も反応しないわ、うん」

頭が良い犬は、人の感情を読み取る。そこをちゃんと理解して演技して欲しい。が、そんなダメ出しに、重男は納得いかない表情を見せた。

「だってな二郎。真夏だぞ。設定に無理があるだろ」

確かに、気温は三十度を超えている。外ではセミも騒々しく鳴いている。

でもそんな泣き言は聞きたくない。

「どんな状況下でもベストを尽くすのが役者でしょうよ」

「役者じゃねぇし」

「うん、気合いが感じられないのよおじさんからは」

二郎のため息まじりの呟きに、重男の顔に不満が滲《にじ》み出る。

「だったら二郎、お前やってみろよ」

思わぬ反論に、二郎の動きが止まる。

「なによそれ」

二郎の強気とは言えない返しに、重男は頑とした態度で続けて言った。

「たまには主演と監督交代だよ」

「だめだめ。一応僕の場合、役選ぶから」

視線をそらして言う。でも、それじゃあ重男は引かない。

「どんな状況でもベストを尽くすんだろ」

「やりがいがあればね。この役はおじさんがうってつけ」

「ずるいぞ二郎」

重男が迫ってくる。本気なのか、目つきもなんだか鋭い。それでも二郎は、首を縦に振ろうとはしなかった。

「うん、こんな役ね、敵は本能寺《ほんのうじ》にありってセリフが無い明智光秀《あけちみつひで》役ぐらいやりがいが無いのよ、分かる？」

「また分けわからん事を……」

と、そこで玄関の扉が叩かれた。

「すいませーん」

続いて聞こえてきたのは、女性の声。富子や加代子じゃない、聞き覚えのない声だ。

「二郎、扉」

怒ったままの重男に促されて、渋々引き戸に手を掛ける。

見知らぬ人間と話すのは、面倒だな……。そう思いながら引き戸を開けると女性が立っていた。

はたと、目が合う。

「およよ」

ビックリした。見知らぬ人間じゃなかった。見覚えがある。しかもつい最近のことだ。一時間も経っていない。二階で、自分の部屋で、パソコンで見た。『美女と犬』に出ていた女性だ。

女性の目が、二郎が手に持つカメラに止まる。

「やっぱり……」と、とても好意的とは思えない言葉と視線が二郎へと向けられる。「あなたですよね、ネットに犬の映像上げてるの」

女性の強い口調に危機感を覚えたのか、重男がおずおずと前へ出る。

「あの……どちら様ですか？」

ごく当然の反応であり質問だったのだが、その言葉は無視されてしまった。視線が二郎からまったく動こうとはしない。相当怒っているようだ。

「私が映ってるあのビデオ、すぐ下げてもらえませんか？」

「は？」

私が映ってるあのビデオ、って？　それは『美女と犬』であって『老人と犬』じゃない。とんだ人違いだ。

「勝手にネットに流すなんてひどいじゃないですか」

「いや、あのね」

えん罪を晴らそうと、言い分を口にしようとする。しかし、今度は重男が二郎の肩を掴んで、悲しみと諦めの混じった顔で聞いてくる。

「二郎。お前、そんなことしたのか？」

ついにやってしまったか、とでも言わんばかりだ。完全に、逮捕直前の容疑者扱いだ。

「知り合いの弁護士に相談したら、サイバー犯罪になるって聞きました」

「おい、二郎」

二人して、何なのだろう。そんなに自分は、常識も良識もない人間に見えるのだろうか。ろくに確認もせず責め立てる二人も、同じようなもんだと思う。

二郎は呆れながらも、無実を訴えようと、両手で女性を制した。

「知らんし違うし。あのね、お嬢さん一旦落ち着こう」

「落ち着いています」

「いきなり他人の家に押しかけて、名乗りもせずに詰め寄ってくる人を落ち着いているとは言わないと思うんだけど」

二郎の皮肉に、女性は何度か目を瞬かせたかと思うと、わずかに頬《ほほ》を赤らめた。彼女自身、痛いところをつかれたと思ったのかも知れない。「それは……」と口籠《くちごも》ると、二郎から視線をそらした。

ようやくまともに話を聞いてもらえるかと、二郎が思ったその時、

「あら……？」

その女性は、何か不穏なものでも見つけたのか、二郎の足下を驚いたように凝視して、怪訝《けげん》な声をあげた。

しゃがみ込んで女性が手を伸ばした先には、草履の上で横になる一郎がいる。

瞬間、一郎の姿を見た女性の目が大きく見開かれた。

「この子……吐いてる」

二郎と重男が「えっ」とのぞきこむ。見ると確かに、口元に少し吐いた様な跡があった。それに、草履の上に寝ろと指示したのは二郎だが、今の一郎は指示とは関係なく、崩れるように横になり、グッタリとしていているように見えた。

「何したんですか？」

二郎の方も見ずに、女性が言った。責めるような言葉。でもさっきまでの怒った様子とは、少し違う。二郎はその言葉にどこか、軽蔑《けいべつ》するような色が含まれてる気がした。

「特に何も」

「そんなわけないでしょう」

女性は二郎の返事をバッサリ切り捨てて、一郎を抱き上げた。

「かかりつけの病院は？」

「は？」

二郎が間抜けな声をあげると、きっと女性の視線が険しくなった。おそらく、頼りにならないと思われてしまったのだろう。女性は黙って一郎を抱いて、出て行ってしまった。

「あっちょっウェイウェイ」

女性を追って、二郎と重男は慌てて家を飛び出した。

女性が向かった先は、近所の動物病院だった。狼狽《うろた》えるばかりの二郎や重男には目もくれず、慣れた様子で手続きを済まし、診察室に入ると、整然と獣医に状況を説明する。

そのてきぱきとした姿に、二郎はなぜか酷《ひど》く疎外感を覚えてしまった。飼い主として何かをしなくてはと思いはしても、何をすればいいのかさえもわからず、ただおろおろとするばかりだった。

まだ若い感じの獣医が、診察台に寝かされた一郎の口を開けて中を見たり、お腹に聴診器を当てたりしている。白衣についているネームプレートには川崎葉子《かわさきようこ》とある。

一郎を連れてきた女性は、その様子を、心配そうに見守っていた。

一方、二郎と重男は、彼女から少し距離を置いて見ている。

しばらく診察は続き、やがて川崎が聴診器を外した。

「たいした事ないですよ。犬はよく吐きますから」

その言葉に、二郎の隣で重男がほっと息をついた。二郎も同じ気持ちだったが、それを外に出したりしない。しかし、目の前の女性は二郎とも重男とも違った。まだ何も解決していないとばかりに、心配そうに一郎を見ている。

「さっき、ぐったりしてたんですけど」

「そうですか。何か原因があるのかな……」

と、川崎が女性の心配に答えるように考え込む。

余計な心配なのでは、と二郎は思った。診察台の上で尻尾を振っている一郎は、元気そのものだ。ここまで女性に主導権を握られっぱなしだったが、名前も知らない人間に最後まで流されるなんて、まっぴらだ。

「……もう帰ってもいいすか?」

一歩前に出て、意思をアピール。だが川崎医師は、それをあまり良くない印象で受け取ったらしい。

「散歩は? 行ってます?」

「行ってますとも」

「朝夕三十分くらいはお願いします。お仕事忙しいと思いますけど」

表面上は笑顔だが、なんだかトゲを感じる物言いにさすがの二郎もムッとして言い返そうとする。

「それは、大丈夫です」

だが重男が横から割って入り、「忙しくない」と、断言した。

「……見た目ほどヒマじゃないんだけどね」

「散歩のストレスということですか?」

二郎の呟きは、女性の川崎への質問で無かったことにされた。

「まあ、可能性ですけど。最近何か極度に嫌がったりしました？」

「特には」と二郎が答えると、すかさず女性が口を挟む。

「一郎君は、精神的なストレスかもしれないんです。何か無理矢理させてるんじゃないですか？」

女性は二郎の発言を度外視した挙げ句、睨《にら》み付けるおまけ付きだ。

こっちのストレスだって考えて欲しい。

「別に、無理矢理なんてしてませんとも」

「自分がそう思ってるだけですよね。一郎君の気持ち考えました？」

「一郎の気持ちって、犬ですぜ」

二郎の言葉に、女性の目つきが更に鋭くなる。

「……あなた一郎君のこと本当に家族だと思ってます？」

なんなの、その質問。なんなの、その目。

無性に腹が立つ。胸の中に泥水を入れられたような不快感を覚える。あんたには、関係ないだろう。

「思ってますとも」

二郎は胸をはって答えた。たぶん、それだけで充分だったはずだ。それ以外に言い様もない。

しかしこの女性は、絶対に自分の言葉を信じないだろう。二郎はそう思うとますます腹が立ち、腹立ち紛れに女性が一番不愉快に思うだろう一言を付け加えた。

「金ヅルですから」

「二郎」

「最低」

重男と女性が前後から批判してくるが、二郎は構わず診察台へと近づいた。

「他人には分かるまい」

二郎はそう言い残すと、一郎を抱いて、出口へ向かう。重男が「おい二郎」と厳しめの口調で後に続いてくるが、無視して診察室を出て行く。

そんな二郎の背中を、女性はじっと見つめていた。その両手は、強く強く握りしめられていた。


女性の名は園子《そのこ》マユ。彼女は二郎よりわざと数分遅れてから医院を出た。

怒りの収まっていないマユは、憤然とした雰囲気を保ったまま道を歩き、すれ違う人々を驚かせていたが、今の彼女には他人の目を気にする心の余裕はなかった。

あの飼い主——二郎とか呼ばれていた、最低な人。

仕事柄、マユはたくさんの飼い主と触れ合ってきた。何十人と接すれば、良い人だけじゃなく、悪い人にも巡り会う。マユが怒りを覚えるような飼い主も、決して少なくなかった。

けど二郎は、その中でも最低の枠に入る。

犬を、家族を、金ヅルだなんて。信じられない。あれじゃあ一郎くんが可哀そうだ。自分に、何か出来ないだろうか。

「すいません」

そう考えていたマユは、背後からの声に振り向いた。

振り返った先にいたのは、先ほど二郎と一緒にいた重男だった。

「はい？」

面食らったマユに、重男が真剣な表情で口を開く。

「あの……あなたに折り入ってお願いがあります」

「……なんですか？」

「あなたしか、いないと思いました」

「は？」

何の話ですか、とマユが聞き返す前に、重男はその場で膝《ひざ》を折った。

人の行き交う歩道で正座をし、両手を地面につく。――土下座だ。

「はあ？」

意味が分からず、マユの口からは素《す》っ頓狂《とんきょう》な声が出た。


一郎を腕に抱き、二郎は早足で歩く。

頭の中を渦巻くのは、動画の新作でもうまい棒のことでもなく、あの女性のこと。あの目が、あの言葉が、二郎の脳内でリピート再生される。

その度に二郎は、地団駄を踏みたくなるようなムカムカした気持ちにさせられる。

なんなのだ、あいつは。お節介とも違う、余計なお世話というには優しくもない、正義の押しつけとでも言うべき身勝手女。二郎のことをグチグチ責めてきたが、自分はどれだけエラいって言うんだ？

「むかつく」

ぶつぶつと呟きながらひたすら歩く。すれ違う人が怪訝そうに振り向くが、気にしている心の余裕もない。

こういう時は、うまい棒をかじりながら絶賛コメントを眺めるに限る。

二郎はそう思い、更に足を早めたが——。

「あれ、おじさん？」

正面から来た青年に声を掛けられ、足を止めてしまった。

「君は」

「あ、覚えてない？　ほら、おじさんのファンって言った」

「知ってる。笹山くんでしょ」

「そうそう、笹山啓輔。覚えててくれたんすね」

それはそうだ。二郎にとっても、貴重な出会いだったのだから。

自分の創作活動の、成果とも言える存在だ。けど今は、啓輔と話す気分でもない。

「悪いけど急いでるから」

「え、なにそれ。つれないなあ、せっかく俺の犬も見てもらおうと思ったのに」

「犬？」

言われて初めて、二郎は啓輔が犬を連れていることに気付いた。

柴犬だ。大きさは一郎と同じくらいの、マメシバ。一郎と、二郎の父が飼ってる三郎に続いて、第三のマメシバが現れた。

「イガラシっていうんすよ」

「ふーん」

さすがに四郎ではなかった。人の姓氏を犬に付けるとは、なんとも独特なセンスをしている。というか前に会った時から感じていたが、喋《しゃべ》り方といい、あまり頭のキレる青年ではないようだ。

「それでね、おじさん。俺もおじさんを真似して動画撮ってみたんだけど」

「いや話進めないでよ。急いでるから」

「でもほら、リスペクトって大事だし」

出たよリスペクト。どうでもいいし、意味が分からない。

言っても啓輔は喋り続けそうなので、二郎は横を通り過ぎた。二郎の腕の中でずっとイガラシを見ていた一郎が「くーん」と残念そうに鳴く。

構わず進もうとして、ふとある事に気付く。気付いてしまった。

思わず足が止まる。

そこへ後ろから、啓輔が楽しそうに声を上げた。

「俺の動画、『美女と犬』っていうんだけど、おじさん見たことない？」

「……」

ショックを受けていた二郎に、別のショックが上乗せされた。たたみ掛けてくる衝撃の事実に、二郎はフリーズする。

啓輔が二郎の前に回り込む。

「あるんだ」

茶化すような笑顔。それがもの凄《すご》く悪意の込められた物に見えてしまう。

「……噂《うわさ》で聞いた程度だけどね」

「噂になってんの？　やった有名人じゃん俺」

啓輔がガッツポーズを取って、そのまま小回りにぐるぐると走った。イガラシが引っ張られて、リードが首に食い込んでいる。啓輔はそのことに全く気付かず、再び二郎の正面に立つ。

「今度こいつの写真集も出るんすよ。鶴牧さんが、あ、編集の人なんすけど、間違いなく売れるって。そういえば、おじさんの『老人』も出すんでしょ？」

「こっちが先だけどね」

ついでみたいに言うな。それにタイトルは『老人と犬』だ。啓輔の略し方には、リスペクトの欠けらも感じられない。

そして啓輔は二郎の苛立《いらだ》ちにも気付かず、右手に持ったカメラを持ち上げて熱心な様子で告げてくる。

「これから新作撮ってこようと思ってて。おじさんも楽しみにしててよ」

楽しみにする訳ない、とは口にしなかった。

「じゃあね、おじさん。お互い頑張ろう」

啓輔は、最後までため口で別れを告げた。

「ん？　おい何してんだよ。いくぞ、ほら」

そう言って啓輔は一郎と遊びたがるイガラシを無理矢理引っ張る。イガラシは苦しげな鳴き声をあげるが、啓輔はまるで意に介することもなく、それどころかますます強引にイガラシを引き、去って行った。

しばらくそれをぼーっと見ていた二郎は、はっと気付いて、足を動かした。家まで急ぎ足で進んでいく。

頭の中は、啓輔の言葉と行動が、リピートで再生され続けていた。

二郎よりも大きな成功を収めつつある啓輔。悔しい。けどそれ以上に、二郎には別に引っかかっていることがあった。

啓輔のイガラシに対する扱い。まるで、動画を撮る道具としか思っていないようだと、二郎は思った。

遊びたがってるのも無視して、自分の都合を優先して。

似ていると思った。

さっき、気付いてしまったことが、まさにそれだ。

一郎が遊びたがっているのに、二郎は構わず帰ろうとした。一緒だ。今の啓輔と、やってることは変わらない。自分と啓輔は、似ている。

なら――。自分も周りから、ああいう風に見えているんだろうか。

女性の言葉とあの目つきが、強烈に、脳裏に甦《よみがえ》った。


すっかり時間を取られてしまった。

大急ぎで仕事場のペットショップに戻ったマユは、控え室に置いておいた制服を引っつかみ、袖《そで》を通しながら店内へ入った。

店内では、商品棚を整理している市村景虎の姿があった。そこは二郎の通うペットショップだった。

「店長すいませんでした」

マユの声に、景虎が顔を上げる。

「珍しいね。園子ちゃんが長いお昼なんて」

人の良い笑顔だ。この店長は格好こそ珍妙だが、いつも人に優しく、同じように動物たちに優しい。素直に敬意を持てる人物だ。

マユは犬たちが動き回るサークルに入り、掃除を始めつつ景虎に愚痴をこぼす。

「変なのに引っかかっちゃって」

「変なの？」

「色んな飼い主見て来ましたけど、あんな人初めて」

思い出すだけで、剣呑《けんのん》な声になってしまう。

犬を傷つける人間に、ロクな人はいない。あのままだとあの飼い主は、いずれ致命的なトラブルを引き起こすだろう。出来れば二度と会いたくないけど、一郎のことは心配だった。

だからまた、会いに行こうと思う。もちろん、二郎ではなく一郎に、だ。

家は知っているし、訪ねる理由もあちらから提示された。動物病院からの帰りに、二郎の叔父・重男からあることを頼まれた——。

「二郎と、お見合いして欲しい」重男は土下座までして、そうマユに頼んできた。

冗談じゃない。でも、ちょうどいいとも思った。お見合いに形だけ付き合えば、その席で、一郎を助けることが出来る。自分があの最低な飼い主から、一郎を救い出すのだ。

と、そんな決意が表情に出ていたのか、気付くと景虎が心配そうにこっちを見ていた。

マユの視線に気付いた店長は、ニコニコ微笑む。落ち着いてと言われているようで、顔が熱くなった。

「まあ、色んな人いるからさ」

景虎の暢気《のんき》な口調に、何もかも見透かされている感じがした。景虎と会話しているとよく覚える感覚だ。

マユはばつが悪くて、足元で吠える子犬たちの間を箒《ほうき》で掃きながら、愚痴を続けた。

「飼い犬を金ヅルって言うんですよ。……あんな可愛いマメシバを」

マユの言葉――特に最後の呟き――を耳にした景虎は、少し驚いたように目を丸くした。

「ほほう?」

「許せません」

切り捨てるように言い放ったマユの言葉に、景虎はくすりと小さく笑った。

「悪ぶってるだけだったりして」

「そんなの何の意味があるんです」

景虎は仕事熱心だし、人にも動物にも優しい立派な人物だと思っている。ただ、時折、人を食ったような発言をするのが困りものだった。

本人にはそんなつもりはないのだろうが、からかわれているような気分になってしまい、マユは憮然《ぶぜん》とする。

すると、景虎がサークルの中に入ってきて、特に猛烈に吠えているヨークシャーテリアのルルを抱き上げる。

「臆病《おくびょう》で弱い子ほど威嚇するでしょ」

その一言に、マユは驚いて景虎の方を見た。

「臆病な飼い主の方が、俺は信用できるけどなあ」

マユは返す言葉が見つからなかった。

景虎が、両手でルルを顔の前まで抱き上げて「ねー、ルルちゃん？」と笑いかける。

すると、猛烈に吠えていたルルはすぐに大人しくなった。景虎に持ち上げられて、尻尾をパタパタ振っている。

マユの胸に、また複雑な思いが戻ってきた。

翌日、二郎は朝からパソコンにかじり付いていた。

画面に映っているのは、動画『美女と犬』。次々にシリーズを観賞していく。見始めてから、既に一時間以上は経過していた。

一通り見終えて、アゴに手を当てて考え込む。

柴犬のイガラシが、美女と絡むだけの動画。それが人気を博している理由は未《いま》だ謎だけど、今の二郎はそれとは別の部分に着目していた。

イガラシが乱暴に扱われているかどうか。

それをもう一度確認しようと思ったのだが、動画の中にそのような様子は見られなかった。多くのネットユーザーに晒《さら》す物なのだから、当然かもしれない。都合の悪い物は、啓輔がカットしているのだろう。

でも、二郎は実際に啓輔の乱暴を見ている。

この動画も、イガラシに無理矢理やらせているに違いない。

「僕は違うぞ」

部屋には二郎と、一郎しかいない。しかし二郎は声に出して言った。

自分と啓輔は、違う。

マユに責められ、その直後に啓輔から似ている部分を見せつけられた物だから、少しネガティブになっていたけれど。一晩寝て、冷静になってみれば、考えるまでもないことだった。

一郎はいつも尻尾を振って、楽しそうだ。吐く程のストレスを感じている訳がない。

「だよな一郎」

一郎は側で寝ていたが、二郎の言葉にピクリと反応して真っ直ぐ見つめてきた。「なになに？」といった風に嬉しそうに尻尾を振っている。

「お前、嫌々なんてやってないでしょ」

二郎の問いかけに、一郎は首を傾げる。

「イエスだったらワン」

と二郎が言うと、すぐに「ワン！」と吠える。

「ほら見ろ」

一郎は嫌がってない。イガラシと一郎は違うのだ。

うんうんと頷《うなず》いて、納得する。納得しようとする。

それでも頭の中に、濁流のように疑問が押し寄せてくる。

本当に、そうだろうか。一郎はただ、自分の命令に従っているだけで。心の内では、嫌がっているんじゃないか。

一度思い始めると、不安が止まらなくなる。

一郎の気持ちを知りたい。確かめたい。どうにか出来ないだろうか。例えば、そう――。

犬の言葉が分かることが出来れば――。


正午、二郎はペットショップを訪れていた。

「あ、芝さん。一郎ちゃんも。いらっしゃいませー」

店に入ると、すぐに景虎の笑顔に迎えられた。ついでにそこら中で、新しい家族を待つ子犬たちから休むことなく吠えまくられる。人間も犬も、子供は元気なものだ。一郎も二郎の腕の中で、遊びたがって体をもぞもぞさせている。

いつもなら景虎を無視してオモチャの物色を始める二郎だったが、今日は違った。

「ちょっと」

レジに立って、景虎をちょいちょいと呼びつけた。「はいはい」と快い笑顔で小走りにやってくる。

「どうしました？　一郎ちゃんのことで何か？」

「むしろそれ以外の用事がここにあるのかと」

二郎の独り言みたいな小声の指摘にも、景虎は「確かにそうですね」と微笑む。

「あ、でも分からないですよ」

「というと」

「新しい子が欲しくなったとか」

「うん、ありえないんだけど、うん」

「じゃあ、一郎ちゃんのお嫁さんを探してるとか」

「だからそれ一郎のことじゃん。いいから、あれ出して」

二郎の言葉に、景虎が首を傾げて言った。

「〈ワンゲージ〉のことですか？」

「……自分でも唐突だと思ってたのに、相変わらず無意味にスゴイね」

景虎の人間も犬も関係なく、心の中まで見抜く感じ。たまに、彼が何者なのか考える時がある。エスパーだと言われたら、信じてしまうかもしれない。

「これでも、この仕事は長いですから」

そう微笑んで、景虎はレジ下から〈ワンゲージ〉を取り出した。

「これですねー。でも、大丈夫ですか？」

「金ならあるよ」

「そうじゃなくて」

と、景虎が〈ワンゲージ〉をカウンターに置いた。

二郎の目を、微笑んだまま、じっと見つめてくる。心を見透かすような、透き通った瞳《ひとみ》だ。

「なに？」

二郎もつい、急かすように聞いてしまった。見透かされたくない本心があったのか、単に景虎の笑みが気にいらなかったのか、自分でも分からない。

景虎は微笑んだまま、でも雰囲気は真面目そのもので言う。

「これは、オモチャです」

「知ってるけど」

「楽しむのは良いですけど、頼るのはお勧めしませんよ」

「……」

だから何者なのかと。

景虎の目を振り払うように、二郎は一万円札を三枚、カウンターに置いた。

ペットショップを飛び出した二郎は、土手に面した公園のベンチに座っていた。

二郎は箱を開けて〈ワンゲージ〉を取り出すと、ワイヤレスマイクを一郎の首輪につける。バンダナの上に重なるようにつけると、ちょっと邪魔くさいように見える。けど、我慢してもらおう。

次に説明書を読み込む。

特に難しいことはない。今つけたマイクが一郎の声を拾って、二郎が持つリモコンの液晶に翻訳された言葉が出る、という物だ。

二郎は電源を入れた。説明書に沿ってボタンを押していき、翻訳モードへ。もの凄い数の犬種の中から、一郎に適した物を選ぶ。

それで準備完了だ。

緊張しながらも、一郎に質問を飛ばしてみる。

「一郎、楽しいか」

「ワン！」

それまで飛びはねていた一郎が、律儀にオスワリして答えてきた。

一秒足らずで、ピピッという音がして、液晶に訳が出る。

『お腹すいた！』

「質問は無視、と」

犬だから仕方ないのか、それともオモチャが正確ではないのか。

何度かチャレンジした方が良いかもしれない。

「一郎、楽しいか」

「ワン！」ピピッ。『ご飯はまだ？』

「一郎、楽しいか」

「ワンワン！」ピピッ『今日はおいしい物が食べたいね！』

「一郎、楽しいか」

「ワゥン！」ピピッ『ごはん！』

「……一郎、楽しいか」

「ワン！」ピピッ『これおいしいね！』

「ダメだこりゃ」

頭の中は食べ物のことばかりだった。挙げ句に最後は、何も食べてないのに美味発言。

これでは一郎がダメなのか機械がダメなのか分からない。

購入の時の、景虎の言葉が思い出される。

——楽しむのは良いですけど、頼るのはお勧めしませんよ。

もしかして、こういう展開を読んでいたのだろうか。確かにこの機械は、犬との疑似会話は楽しめるけど、本心は引き出せない気がする。少なくとも、二郎が求めていた結果を得られるものではなかった。

「今月は、絶対赤字だ」

二郎はベンチの上で、ぐたっとなる。一郎がその場をクルクル回って「遊ぼうよ！」とばかりに「ヒャン！」と吠えたが、ピピッと表示された台詞は『お腹いっぱい！』だった。

「……ん？」

そこで二郎は、液晶に映るデフォルメされた犬の顔に気づいた。これまでのやり取りで必ず表示されているが、犬の表情は、常に笑顔だった。

「これはもしや」

説明書を引っつかんでページを開く。犬の表情の説明。

これは、鳴き声に含まれた感情を表しているらしい。それが今まで全部、笑顔を示しているということは……。

「おい、おい一郎」

二郎の呼びかけに、クルクル回っていた一郎はピタリと止まって見上げてきた。オスワりする一郎に、二郎はカメラを向けた。

もう片方の手には、〈ワンゲージ〉のリモコンを握っている。

「一郎。今、楽しいか」

「ワン！」

ピピッ。電子音。

『大好き！』

「……」

勘違いしてはいけない。どうせ食べ物のことだ。あなたが大好き、とは言ってない。

けど液晶に表示された犬の表情は、やっぱり笑顔だった。

一郎はカメラを向けられても、不快には思ってない。そう決めつけても、良いはずだ。

「まあ良しとしようじゃないか」

言って立ち上がり、帰り支度を始めた。鼻歌を歌うような性格はしていないが、気分はそれに近いものがある。

〈ワンゲージ〉のパッケージやリモコンを買い物袋に入れる。

「さ、帰るぞ一郎」

カメラも持って、一郎の方へ振り返るが、そこに一郎はいなかった。

「一郎？」

慌てて辺りを見回す。

一郎は、土手を登っていた。行く先には、見覚えのある女性と犬がいる。〈アーレー編〉で活躍してもらった、鎌田晶子だ。今日は着物姿ではなく、丈の長いワンピースを着ている。

一郎の中では晶子もツクネも既に友達なのか、嬉しそうに近寄っていくのが見て分かった。二郎もそれを小走りに追う。

先に一郎に気付いた晶子は、その場でしゃがみ込んで迎え入れている。

「一郎くん、だよね。一人でどうしたの？」

あの時の表面上の笑顔とはまた違う、幼い印象を受ける笑顔だった。彼女もかなりの犬好きなのだろう。

けれど一郎は、晶子よりもチワワのツクネと遊びたいらしい。あの時と同じように、晶子の周りで追いかけっこを始める二匹。

二郎はその場に小走りで近づきながら、嫌な予感を覚えた。

駆け付ける二郎に晶子が気付き、あからさまに、ムッとした顔をする。

その時だった——一郎とツクネが、ワンピースの裾を引っ張り始める。

「あ、こら、ダメよ」

晶子が焦って裾を押さえる。引っ張られてる部分の際どさもあってか、二匹を窘《たしな》める口調も前回より強い。

けどやっぱり、二匹の悪戯はエスカレートしていく。ぐいぐいと引っ張る力は強まっていき、ついに晶子は、その場に尻餅《しりもち》をついてしまった。

ようやく追いついた二郎は、すぐに一郎を抱き上げる。その手に持ったカメラが、晶子の目にピタリと止まった。

「な、なにしてるんですか」

怒りと羞恥《しゅうち》で、晶子が顔を真っ赤にして二郎に食いついてくる。

二郎も何を言われてるか理解して、すぐに反論を口にした。

「何もしてないし、したのは一郎で、カメラは動いてないわけだが」

「ウソです、信じられません。前は撮ってました」

「前は前、今は今でしょ、うん。そもそもお色気に興味はないし、うん。今のコケ方は面白くなかったし、撮る価値ナッシング」

早口でまくし立てて、二郎は早足で歩き出した。

「ちょっと待ってくだ、あ、もう、こらツクネ、離しなさい」

二郎は裾を噛む愛犬と奮闘する晶子を置いて、その場を後にした。

もう追いつかれないだろうという所まで逃げて、ふと気付く。

「おいおい」

一郎の首輪に、ワイヤレスマイクがついていない。どうやら何処かで落としてしまったようだ。戻って探そうにも、逃げるのに必死でどの道を歩いてきたか、あまり覚えていなかった。

それに、晶子に見つかる危険性もある。二万円以上もしたけど……諦めた方が良いだろうか。

「外に出るとロクなことがない」

余計な外出は、やはり避けるべきだ。

自分の引きこもりライフの正当性を、再認する二郎だった。


そして、二郎と晶子のやり取りの一部始終を、見ていた人物がいた。

「あの人、また……」

独り言を呟くマユの目は、怒りのあまり厳しい物になっている。

あんな人でも、景虎は臆病なだけと言うだろうか。自分には信じられない。あれは、単に自分勝手なだけだ。犬のことなんて、微塵《みじん》も考えてないに決まってる。

「助けなきゃ」

マユは決意を固めて呟いた。

可哀そうな犬を、酷い飼い主から助けなきゃ。


翌日、マユは芝家を訪れた。

予《あらかじ》め教えられていた電話番号で、重男とは連絡済み。

来る時は犬を連れてきてくれと言われたから、景虎に断ってルルを借りてきた。

本人にはお見合いと気付かれる訳にはいかないから、犬の友達探しということにしているらしい。だが、そんなことはマユには関係ない話だ。格好だって、シャツとデニムの私服姿で、お見合い用に気合いを入れてなんかいない。

玄関で声を掛けると、すぐに扉が開き、重男が顔を出した。

「来て頂いてありがとうございます」

そう言って、頭を下げられる。重男から、お見合いに対する本気が伝わってくる。

それを見ると、少なからず罪悪感が沸いた。マユは初めから、お見合いのつもりなんて無いのだから。

後々ガッカリさせても可哀想だと思い、先に断りを入れる。

「一郎君の様子を見に伺いました。お見合いをしに来たんじゃありません」

「それは、もう」

「でもあんなにお願いされたから、一応、犬を」

「ご協力感謝します」

そう言って、重男がまた頭を下げる。本当に感謝しているようだし、マユがお見合いなどする気でないことも、分かっているようだった。

だったら、こんなことに何の意味があるのだろう。

訝《いぶか》しむマユだったが、自分には関係ない、と振り払う。

「それでは、中へ」

マユは重男に促され、家の中へ足を踏み入れた。


居間へ通されたマユは、ルルを抱いたまま用意されていた座布団についた。

重男もマユの隣に正座する。

「すぐに二郎も来ますので」

重男の言葉通り、まもなくして廊下から足音が聞こえてきた。

財部が居間に入ってくる。マユが会うのは初めてだ。

「どーも、お待たせしました。ほら二郎ちゃん」

その後に続いて、二郎も入ってきた。不満げな顔で、腕に一郎を抱いている。

その目がマユを捉えた。

即、きびすを返された。

「どこ行くの、ほらこっち」

財部が二郎を羽交い締めにして、強制的に入室させる。嫌がる二郎と、何とかお見合いさせようとする周囲。

芝二郎という人間の環境を、分かりやすく見せられているようだった。やっぱり、立派な飼い主ではない。

マユは沸々と沸きあがってくる怒りを押し殺して、茶番じみたお見合いに臨む。

二郎はマユの目の前に座らされた。

隣には財部、ナナメ向かいの重男からは「逃げるなよ」という視線が向けられてくる。

はめられた。二郎はそう思わずにはいられなかった。

一度も成功のない一郎の友達探し。いくら繰り返されても、適当に流して、はいサヨナラと終わらせて、変わらない平穏を保ち続けてきた。

今回も、さっさと終わらせようとしていたのに。まさか相手が、あの女性とは。

どうせ重男が声を掛けたのだろう。いくらなんでも、見境がなさ過ぎる。自分がこの女性にどう思われているか、知らない訳じゃないでしょうに。きっとこの女性は、また自分を責め立ててくるに違いない。

けど自分だって、前よりメンタルは回復している。言われっぱなしで終わるつもりはない。

そう覚悟するも、そっぽは向きっぱなしな二郎だった。

重男が咳払《せきばら》いする。

「改めて紹介しよう園子マユさん、ペット関連のお仕事をされているそうだ」

その説明に二郎はそっぽを向いたまま、いつもの調子で呟く。

「なーる。訳知り顔なわけだ」

少し恨みを込めた言い方だった。

しかしマユは聞こえなかったのか、あるいは二郎発信の話題に乗っかるつもりはないのか、完全に無視して聞いてくる。

「その後、一郎くんはどうですか？」

毅然《きぜん》としたスルーに、二郎は内心舌打ちをしつつ答えた。

「どうもこうも。元気そのものですよ」

「どうして元気だって分かるんですか？」

「見りゃ分かるでしょ」

「ストレスに気付かなかったじゃないですか」

「……」いやストレスと診断された訳じゃなかったし。

内心ではそう反論した二郎だったが、それを口に出すことは出来なかった。

マユの声音が。マユの目付きが。

再び二郎の胸に、ドロドロした物を甦らせる。

「だって、その通りですよね」

二郎が何も言わないことに、図星を指したと思ったのか。マユが更に踏み込んで、二郎を糾弾する。

「一郎くんがやらせビデオの犠牲になってて、だからストレス溜《た》まったんですよね」

「あのね」

これじゃあいけない、そう思った二郎は、何とか反論に踏み出る。

「いつまで誤解してるの、あなたが出てた……」

「やらせじゃないんですか？」

微動だにしない瞳に睨まれて、二郎はいっそう露骨に目をそらす。

「……ちがわい」

ボソリとした呟きに、重男の訂正の言葉が続いた。

「やらせです」

「わお。まさか身内に裏切られるとは思わなかったでござるよ」

叔父の裏切りに、二郎は追い詰められる気持ちになった。

自立してる身として、こんな正義の押しつけ女くらい、やり過ごせなければ。

そんな思いを巡らせても、体や口は上手く動いてくれない。その間にも、重男の後押しを得たマユが、厳しく糾弾してくる。

「やらせのビデオにワンちゃん引っ張りまわして、弱らせたんですね」

もう質問でも取り調べでもなく、批難だった。

二郎の隣で様子を伺っていた財部が、さすがにマズいと思ったのか、ようやく口をはさむ。

「あの、確かにやらせですが、それ程の事は……」

「飼主としての義務と責任を果たした上でならまだ分かります」

マユは、財部のフォローにも耳を貸さない。彼女の頭には二郎を責め立てることしかない。

「でも、散歩も適当、家族と言うより金ヅル。そんな人に動物を飼う資格はありません」

「ちょっとあなたね……」

財部がさすがにムッとしてマユを睨みつける。

それでもマユは、財部ではなく二郎にだけ問いかける。いや、責め続ける。

「どうなんですか？　一郎くんは金ヅルなんでしょ」

「……金ヅルですとも」二郎は意地になって言った。一方で、心の隅に、嫌な疑問が沸いてくる。自分は本当に、一郎を大事に思っているのだろうか……？

「ストレスで病気になって、稼げなくなったら一緒にいる意味ないんですね」

「……そうとも、言う」

「二郎ちゃん」

財部が少し強い口調で窘める。意地を張るのはやめろ、と言いたいのだろう。

それでも二郎は、それ以上何も言わなかった。

「そうですか」

マユは二郎の言葉に、決まりねと言わんばかりに、頷いた。彼女の中では今のやり取りは、試験だったのだろう。

その試験に、二郎は落ちたのだ。

「一郎くん、おいで」

マユの呼びかけに、一郎が尻尾を振って寄っていく。

二郎はそれを無言で見つめた。

マユの膝元《ひざもと》でルルと顔を近づけ合う一郎は、いつもの数倍楽しそうだ。自分といるより、ずっと。

「この子、私に引き取らせてください」

マユはそう言って、ルルと一郎を抱き上げた。

一郎は抱き上げられても、楽しそうにルルと鼻を擦り合わせている。

「……」二匹の様子をただ見つめるだけの二郎に、マユがピシャリと言った。

「あなたと一緒にいると、この子が不幸です」

二郎は反論せず、ただただ、一郎とルルを見つめている。

代わりに口を開いたのは、財部だった。

「そこまで言う事ないでしょう」

友人を守るために、二郎のために反論した。

けれど財部の言葉に反応したのは、マユではなく、二郎本人だった。

今まで黙っていた二郎が、すっくと立ち上がる。

「一郎の動画も飽きたし、どうしたもんかと思ってたし」

二郎の言葉に、財部も戸惑いを見せる。

「二郎ちゃん、何言ってるの」

「別に、犬ぐらい、どうという事もない」

そうやって、いつも通りに、独り言のように小声で呟いて、二郎は、居間から出て行った。

一郎を、マユの腕の中に残したまま。

「ちょっ、二郎ちゃん！　おじさん、どうすんの」

慌てる財部をよそに、重男はとても冷静だった。冷静すぎるくらいに落ち着いて、マユと向き合う。

「……園子さん、しばらく一郎をお願いできますか」

「いつまでだって構いません」

憮然と返すマユに、重男は頭を下げた。

重男の真剣な表情は、何かを決意したかのようだった。

「必ず迎えに行かせますから」

重男は確かな口調で、そう言った。

マユは一郎とルルを抱いて、来た時と逆に石畳の上を歩き、立派な石門を通って、芝家を出た。

ペットショップに向かうマユの足取りには、迷いがない。

一郎を連れ出す事が出来て良かった。自分の行動に何の疑いも持ってない。

マユは二匹を連れて、芝家から離れていく。

腕の中で一郎が、ずっと後ろを振り返っていたことにマユは気付いていなかった……。


部屋に戻った二郎は、ずっとパソコンにかじり付いていた。

〝ほほえみ動画〟で、自分の動画をひたすらチェックしていく。画面に映る一郎をぼーっと見ていると、重男が静かに入室してきた。

　とっさにウインドウを閉じて、とっさの言葉を口にする。

「あーせいせいした。ウロチョロされると仕事もはかどらんでね。ホント丁度良かったっすよ」

「片意地張るのやめたらどうだ」

　重男にいきなり、そう言われた。「なにその達観コメント」

　わざとらしいのは自分でも分かっていたけど、身内に正面切って指摘されると、つい憎まれ口を叩いてしまう。

「お前の事を一番心配してるのはお前自身だ。俺たちがとやかく言うのも限度がある」

「……」

　何を、分かった風なことを。別に心配されなくとも、自分はしっかりやっている。心配される謂《い》われはない。それに、とやかく言ってくれとも頼んでない。

　見当違いだ。

「間違ったら、照れずに向き合え、自分の辻褄《つじつま》なんて考えるな」

「ついでに夕日に向かって叫びましょうか」

　茶化した。それしか出来ない自分に気付かず、二郎は嘲笑《ちょうしょう》じみた言葉を口にする。

「そういう熱血はもう古いわけ。今はがんばらない時代なんだから」

「一郎と離れてみたらわかる」

二郎の挑発なんて物ともせず、重男はそう口にした。

——一郎。

その単語に、二郎は重男の言葉を受け流すことができなかった。

「どういう意味よ」

「お前が、いかに一郎に依存して生きてたか」

「冗談は頭髪だけにしてよ」

「お前を理解してくれるのは、一郎だけだと思ってるんじゃないのか」

「……」そんなこと、ない。

一郎が、あんな犬がいなくても、自分はやっていける。誰にも依存してないし、理解だって必要ない。一人でしっかり、自立してるんだ。

二郎はそう思ったが、重男に声に出して反論することはなかった。

第三章　人のふりを見て、わがふりを直す、こともあるのだ。

マユは店内を掃除しながら、チラチラと同じ方向を気にしていた。

子犬たちがはしゃぎ回るサークル。そこに、今日連れてきたばかりの一郎が入っている。芝家から連れてきてすぐに入れたけれど、一郎は他の犬と遊ぶこともなく、ずっと一匹、ポツンと隅にいた。

大人しくオスワリして、じっと店の外を見つめている。まるで、ここは自分のいる場所ではないとでも言うかのように。

マユはその様子を見守りながら、心配な気持ちでいっぱいだった。

環境が気に入らないんだろうか。人見知りや犬見知りをする子とは思えないから、匂《にお》いか音か、とにかく何か気にかかることがあるのかもしれない。

しばらくすれば、慣れるよね。マユはそう納得をしたところへ、景虎が事務所から出てきた。

景虎は一郎を見て「あれ」と立ち止まる。マユはそんな景虎にすぐに声を掛けた。

「店長。しばらくあの子預かりたいんですけど」

「え、何で？」

「この子の飼主なんです。例の最低男」

「……ふーん」

マユの説明に、景虎は目を細めて一郎を見た。

景虎の横顔に、マユは引っかかりを覚える。彼のいつも優しくて柔らかい雰囲気に、悲しみとも怒りとも取れる物が混ざった気がしたからだ。まるで、一郎を預かることに納得していないかのように。マユは不安になって、もう一度聞いてみる。

「ちょっとの間、いいですか？」

「まあ、いいけど」

マユの不安に反して、景虎はあっさりと承諾してくれた。

「ありがとうございます」

マユは自分の勘違いだと判断して、景虎にお礼を言い、掃除に戻った。

しかし、その後もずっと一郎は店の外を見つめたまま、バンダナを齧《かじ》り続けた。

二郎は自室にひとりぼっちだった。

パソコンで、ひたすら動画を見ている。一つの動画が終わったら次へ。その動画が終わったら、また次へ。

画面の中には一郎がいる。けど、二郎の隣に一郎はいない。

二郎は一人で、うまい棒をかじり続けた。


それから三日後。

二郎は相変わらずパソコンの前に座っていた。

二郎は一郎の動画を見ながら、うまい棒をかじる。動画は流れているが、二郎の視線の焦点は合っていない。ちゃんと見るでもなく、画面の中で動く一郎をぼーっと見つめている。

外から財部の声が聞こえた。

動画のウインドウを消してしばらく待つと、財部が二郎の部屋まで上がってきた。

「二郎ちゃん、なんかこんなの来たけど」

互いに挨拶《あいさつ》もなく、財部が差し出してきた封筒を二郎は受け取る。

財部はベッドにどっかり座って言った。

「税務署からの督促状」

嫌な言葉の羅列に、二郎は嫌な予感がひしひしとした。

しかし、無視してはならない類《たぐ》いのものだということも分かった。仕方なく封書を開けて、中に目を通す。

「所得税……ってなに？」

「そうか。去年確定申告とかしてないよね」

「そんなものがあると聞いたことはある」

うろ覚えだが、確か、わざわざ自分の収入を役所に伝えて、税金としてむしり取ってもらうシステムだったはず。

それが何故自分のところへ、と二郎は疑問に思った。

まさかアフィリエイトの収入を言ってるのだろうか。よく分からないけど、そういう情報はしっかり社会に回っているらしい。それにしても、なんで自分が努力して得た収入を、世話になった覚えもないところへ分配しなければいけないのか。

社会の仕組みに理解が浅い二郎は、本気でそんなことを思った。それが顔に出ていたのか、財部が窘《たしな》めるような口調で言う。

「稼ぎがあるなら税金納めなきゃ」

「稼ぎったってお目こぼしの範囲でしょ」

「それは二郎ちゃん基準でしょ。社会にはルールがあるんだから」

どっちの味方なんだ、と二郎は思った。財部だけじゃない。重男だって、そうだ。

二人とも訪ねてきてはあーだこーだ言って、よく分からないことで責め立てて、自由意思を尊重するようで、二郎の望まないことを強制させて。

教育でもしてるつもりなんだろうか。二郎を立派な人間に育ててあげよう、とでも思っているのだろうか。

なんて上から目線。そういうのを、大きなお世話っていうんだ。

「ねえ、二郎ちゃん。これからどうするの？」

「もういいからさ。ちょっとほっといてくれんかね」

二郎の物言いに、財部がムッとする。

「なによそれ？」

「おじさんもベーちゃんも僕をどうしたいわけ？　いい加減迷惑千万なんですけど」

「ちょっと二郎ちゃん」

財部はそう言って、呆《あき》れた風に嘆息をついた。けどその態度は、いつものことだと思っているのか、寛容な態度で二郎を言いくるめようとしてくるようにも見える。

それが今の二郎には、たまらなく不愉快だった。

いつもの独り言のような呟《つぶや》きが、早口となって飛び出してきた。

「そんなね、言われた通りサクサク動けるキャラがお好みなら他当たってよ」

財部の顔が硬直する。それでも二郎の早口は止まらない。

「もう全然ダメだね、うん。何かやってあげていい人になりたいなら、お門違いですわ」

「ああ、そう。じゃあもうほっとくよ」

財部の声には、明確な怒りが感じ取れた。音を立てて立ち上がり、足音を立てて、部屋から出て行く。

「積極的にそう願いたいね」

財部の背中に、二郎はそんな言葉しか掛けられなかった。


その日、二郎は壱書房を訪ねた。

呼ばれた訳ではなく、自分から訪れた。目的は『老人と犬』写真集の印税の件。自分がどれくらいの収入を得られるのか、確認しておきたかったのだ。

税金という不安要素に対抗するためだけじゃなく、とにかく〝自信〟が欲しかった。重男に叱《しか》られ、財部を突き放し、一郎を失った今でも、自分はやっていける。そんな実感が欲しかった。

応接室に通され、鶴牧を待つ。貧乏揺すりが収まらず、落ち着かない。

五分ほどして、鶴牧が麦茶を持って入ってきた。

二郎の顔を見ると、苦笑いを浮かべる。

「わざわざお運び頂かなくても、こちらから伺いましたのに」

「ちょっとついでがあったんでね」

二郎はお茶を受け取りながら、続けざまに言った。

「この前の印税の件どうなったかと思って」

「ああ、その件ですか」

二郎は出された麦茶を一気飲みした。

いくら収入が入るのかは、そのまま二郎の成果であり、引きこもり生活の期間にも直結する。一郎がいない今、アフィリエイトで収入を得続けるのは難しいのだ。出来るだけ額は多い方が良い。

けどそれに気付かれるのは、二郎にとって屈辱的なことでもある。

「芝さん……」

鶴牧の言いにくそうな態度に、二郎はすかさず平気な風に口を出した。

「あ、ダメならダメでいいから。全然アテにしてないし」

本当は、これしかアテがないのだけど。可能な限りまで自分の取り分を増やしてくれないと、困るのだけど。

「すいません。実はですね……」

「ただ、原稿があれじゃあね。ユーザーが怒ると思うけど」

早口でまくし立てる二郎に、言いにくそうな態度の鶴牧が、苦笑いのまま告げる。

「実は、この企画自体がボツになりまして」

二郎の表情が、固まった。

「ボツ？」

それは、どういう意味の言葉だったか。

フリーズした二郎に、鶴牧が苦笑を浮かべた表情のまま、ハッキリと言った。

「写真集は、取り止めにさせて頂きたいと思ってます」

その言葉でようやく、二郎の固まっていた思考がゆっくりと動きだした。

「……そう。ま、いいんだけど。うん、全然いいんだけど」

そうは言ったが、良いはずがない。本当に、これしかアテがないのだ。取り止めになったら、自分は一体どうすれば良い？

「ん？　でも何でなのかだけ、少し気になるかな」

勝手に口から出た言葉は、単なる悪あがきだった。藁《わら》にも縋《すが》る気持ちだった。

「同時に進んでいた『美女と犬』の方が評判良くて上が同じ様な企画は要らないだろうと」

しかし、鶴牧の返答は、その藁を全て燃やしてしまう。

二郎の中にあった『何か』が、燃やし尽くされてしまった。

「……あ。なるほどね」

「大変失礼な言い方ですが」

「全然全然」

「一旦、白紙ということに」

「あ、まあ。そういうことならね……」

無意識に、鶴牧の分の麦茶もグイグイと飲みながら、二郎は察した。

もう〝自信〟は得られない。行き止まりにたどり着いたのだ。ここから先に、道はない。

ここがゴール。そして、ゲームオーバーだ。

鶴牧の分の麦茶をも飲み終えた二郎は、無言で立ち上がった。

そのまま「それじゃ」とだけ呟いて、壱書房を後にした。

家に帰ろう。もう外へ出る必要は、無くなったんだから。


そのまま、数週間が流れていった。

二郎は完全に引きこもり、パソコンとうまい棒だけの生活を過ごす。

一郎も、ペットショップに預けられたまま。立派で広大な芝家の敷地に、二郎は一人ぼっちだった。

髪はボサボサ、ヒゲも不揃《ぞろ》いに生えてきた頃《ころ》、家計簿に記された残金は、ほとんど残っていなかった。パソコンをしている二郎の手元には、税務署の督促状だけがある。

チラリとそれを見た二郎だったが、よどんだ瞳《ひとみ》はすぐにパソコンへ戻った。画面の中では、一郎が走り回っている。

一郎が、庭を楽しそうに駆ける動画。

一郎が、オモチャにジャレつく動画。

一郎が、カツラを噛《か》んで逃げる動画。

百を超える一郎動画を見ているだけで、二郎の一日は終わっていく。

次の動画をクリックして、読み込みの間に、うまい棒の山に手を伸ばす。積み重なったゴミの中から、中身のある物を求めて手を動かす。しかし、感触は空袋の物ばかり。

全部ゴミだった。

部屋の中を探しても、中身のあるうまい棒は見つからない。通帳の残金も、ほとんど残ってない。

だが手元には、税務署の督促状だけがある。


二郎は辺りを気にしながら、重男の家までやってきた。

やってきたと言っても、二郎の家のすぐ隣だ。タイミングを間違えなければ、誰かに見つかることもない。

誰もいないのを見計らって、こっそり庭へ入る。

綺麗《きれい》に生え揃《そろ》った青い芝とそこを横断するように敷きつめられた石畳。そこを渡れば、玄関がある。

もう一度周囲を確認して、二郎は玄関——表札とその下にあるポストへ近づいた。

そのままポストへ、税務署の封筒を差し込んだ。

いつも通りだ。電気代も水道代も、ずっとこうして来た。今回だって、同じ事をしたまで。

二郎は帰りも誰にも見つからないよう、周囲に気を配って、きびすを返す。

「二郎」

呼び止められて、ギクリとして足を止めた。振り返ると、重男が玄関から出てきていた。

二郎の方へ、見覚えのある封筒を差し出している。

「忘れ物だ」

「……おっと、いけない」仕方なく、投函《とうかん》したばかりの封筒を受け取った。

重男が二郎をジロジロと見てくる。

「やつれたな、二郎」

そう言った重男の表情は、なんというか、わざとらしかった。大げさに目を開いて、〝驚いた風〟を装っているように見える。

「在宅出家したんで。格好なんて気にしませんよ」

重男の意図が分からず、二郎はいつもの軽口を叩《たた》いて返す。

すると重男は、更にわざとらしく、アゴに手を当てて「そういえば」と呟き、「一郎は、元気にしてるかな」と言った。

二郎の表情が固まる。

「いや、元気だろうな。仲間がいっぱいいるし、きっと楽しいだろう」

「……仲間？」

「専門のスタッフもいるし、お前といるより安心だ」

「スタッフ？」

「オモチャもエサもいくらでもある」

「……」そういうことか、と二郎は重男の企みに気付いた。

一郎のことを話に出して、二郎のプライドをつつくようなことを言って。挑発してるんだ。

重男は二郎に、一郎の様子を見に行かせようとしている。

「かわいいからな。あんなところにいたら、誰かが買って行っちゃうかも知れんな」

それにしても、演技がへたくそだ。心の声が透けて聞こえてくるようだった。

そんな挑発で動かされる二郎ではない。

「……丸聞こえの独り言、やめてくれる？」

白を切る重男に、二郎はピシャリと言う。

「ああ、聞こえてた?」

「聞こえたからといって、何もないけどね」

挑発を否定する。分かってるんだぞ、と突きつけてやったつもりだった。

けれど重男は、てんで可笑しそうじゃない、乾いた笑いを浮かべて言う。

「そりゃあ何もないだろう」

その憎たらしい顔に、二郎も乾いた笑いを返す。

誰がそんな安い挑発に乗るものか。

そう決意して、二郎は重男の家を後にした。

自宅の石門まで戻ってきて、しかしそこで、ピタリと止まる。

「……」

しばらく考えた二郎は、進行方向を変えて、再び歩き出した。

別に挑発に乗った訳じゃない。ちょっと、散歩に行くだけだ。

二郎は住宅街の中、一郎との散歩に使う道を歩いて行く。

自然と、自分の隣を歩く一郎の姿を思い出す。すぐにハッとして首を振り、足を速める。ふとした自分の思考が、重男に言われた『一郎に依存している』ことを証明しているようで、悔しかった。もっとも、今から行くところも、一郎のいる場所なのだけど。

「散歩のついでに寄るだけ、散歩のついでに寄るだけ」

誰に対してでもなく、言い訳をぶつぶつと呟きながら歩く。と、前方に人の姿を見つけた。思わず電柱に隠れてしまう。

進行方向にいたのは、女性二人組。それぞれ犬を連れている。二郎は彼女たちに見覚えがあった。もう二ヶ月は前になるが、一郎に食いついて話しかけてきたのを、二郎が冷たく突き放した二人だ。二郎が横を通ったら、良い顔はするまい。

どうしようかと、電柱の影から二人の様子を見る。二人は雑談に興じていて、動く様子がない。これは少し道を戻って、別の道を選んだ方が良いかもしれない。

そこでふと、二人の足元にいる犬に目がいった。

ジャレあっている、二匹の小型犬。尻尾《しっぽ》をバッタバッタと振って、もの凄《すご》く楽しそうだ。

そういえば、一郎も、出会う犬とは楽しそうに遊んでいた。その光景を、二郎は全て思い出せる。

違う。

思い出せる程度の数しかないのだ。

「……」

二郎は黙りこんで、二匹の様子を見守っていた。嬉《うれ》しそうにはしゃぐ子犬たちを見ながら、頭の中には、先程の重男の言葉が甦《よみがえ》っていた。

〝ペットショップの方が、仲間がいるし、楽しい〟

〝スタッフもいて、二郎といるより安心〟

〝オモチャもエサも、いくらでもある〟

それは、挑発でもなんでもない。

事実だと、思った。

ペットショップの、犬たちが遊ぶサークル内で一郎は、相変わらず同じ位置に座り込んでいた。

周りで犬たちがはしゃいでいても、逆に寝静まってサークル内がガラガラになっても、ずっと同じ位置にいた。エサの時間になっても、その場に座り込んで、動きやしない。

他の犬にエサをあげ終えたマユは、一郎へ近寄った。

エサの入った器を差し出すが一郎は、見向きもしない。相変わらず、バンダナをカジカジしながら、外を眺めているだけだ。

「一郎、御飯食べないと元気出ないよ」

マユが話しかけても無反応の一郎。変わらずバンダナをカジカジし続ける。マユも、それを見ることしか出来ない。

ここに一郎が来て、もう数週間が経《た》った。それなのに、一郎がここに慣れる様子はない。

それどころか、マユには日が経つにつれてイライラしているように見えた。

そんなに、ここが気に入らないんだろうか。

そんなに、元の家が好きだったんだろうか。

そんなに、あの人の事が好きなんだろうか。

「……」

だとしても、二郎のもとに一郎を帰す訳にはいかない。あの人は、犬を家族とも思わない、最低な飼い主だ。たとえ、一郎がどんなに望んでいても、返すべきではない。

それが一郎のタメ。そのはずだから。

「ちゃんと、食べておいてね」

器を一郎の横に置いて、声を掛けるが、一郎は、やっぱり無反応。

マユはため息をついて、その場を離れた。

と、一郎が一点を見て、腰を上げた。マユはいない。エサを食べようとした訳でもない。ただ一点を、店の外をじっと見つめ続ける。一郎の見つめる、その先……。

二郎がガラスにへばりついて、一郎の方を見ていた。

「ワン！」

一郎が吠《ほ》える。尻尾を嬉しそうにパタパタと振る。

鳴き声を聞いてマユも戻ってきたが、一郎が何故喜んでいるのか、まったく分からなかった。

一郎が見つめる、その先。ガラスの向こうには、誰もいない。


マユの姿を見つけて、二郎はとっさに店先に座り込んで、隠れていた。

危ない。あの女に見つかる訳にはいかない。二郎がここに来ていると知ったら、鬼の形相で追い払おうとするに違いない。「自分から手放したくせに」、とか。「今更なんですか」、とか。そう言って、また責められるに違いないんだ。

「……帰るか」

一郎の様子は、もう見れた。嬉しそうに尻尾を振って、こっちを見ていた。本当に、楽しそうだった。なら、マユや重男の言う通りなんだろう。

自分はもう——。

と、真横に人の気配を感じて振り向いた。すぐ横に、座り込んだ景虎の笑顔があった。

「おわっつ」

奇妙な悲鳴を上げて、座ったまま景虎から距離を取る。

しまった。見つかってしまった。

景虎だって、一郎を預かってる経緯は聞いているだろう。二郎がどれだけ酷《ひど》い飼い主か、マユからある事無い事を吹き込まれてるはずだ。二郎に良い感情を持ってるはずがない。

「……寿命が縮んだ」

責められる前に責めてやれ、ぐらいの気持ちで恨みがましく言った二郎だったが、それは意に介されず、景虎が笑顔のまま首を傾げた。

「何してるんです？」

「別に」

そう冷たく言い放っても、景虎は笑顔を崩さない。

「一郎ちゃん、迎えに来たんですか」

「まさか」否定する。

景虎は「そうですかあ」と残念そうにため息をついた。見え見えの演技、ではなく、心の底から残念そうだった。

意味が分からない。

「やっぱり飼い主さんが、一番だと思うけどなあ」

そんなことは、今まで誰も言ってくれなかった。

「……そんな事言っていいの？　君だって、あの女とグルなんだろ」

ひとつ文句をぶつけると、次々と言いたいことが出てきてしまう。

「そもそもさ。あの人、何なの？　僕はそれなりにこの店の常連だと思うんだけど、あの人を見たことなかった気がするんだよね」

「ああ、園子ちゃんに来てもらうようになってからそんなに経ってませんから」

「え？　何？　新人ってこと？」

その割にはずいぶんと動物に詳しそうだったし、それを盾に詰《なじ》られたりもしたのだが。

挑みかかるような二郎の言葉に景虎はわずかに苦笑し、

「そうですねえ。ウチの店では新人ってことになるでしょうか」

そのロぶりからすると、この店ではない別のペットショップかどこかで働いていた経験があるということなのだろう。それならば納得もできるが、だからと言って彼女に対する不満が消えるわけでもない。

「よくもまあ、あんな人を雇ったもんだね、君も」

二郎の皮肉に、景虎は可笑しそうに微笑んだ。

「園子ちゃんは、ほっとけないだけなんですよ」

そう言って、今度は少し悲しそうな笑顔を浮かべる。

「昔、近所で虐待されてた犬がいて。何度か飼い主と話したけど、結局助けられなくて。ちょっと神経質なんです、その辺」

そう語る景虎から、二郎は目をそらした。

それはまあ、可哀想だ。あの行き過ぎた物言いも、それならば、少しだけ理解出来る気がする。けど、今まで責め立てられた恨みから、つい軽口を叩いてしまう。

「ちょっとどころか、正義感モンスターだよあれは。飼い主失格だとか何とか」

「でも、言われてドキッとしたんじゃないですか?」

その言葉にこそ、ドキッとした。

「犬の飼い主ってみんなどっかで不安なんですよ」

無言を貫く二郎に、景虎が優しく語りかけてくる。

「うまく飼えてるのかとか、本当はうちに来て不幸なんじゃないかとか」

それはまさに、二郎が最近抱いていた悩みそのものだ。マユに、重男に責められて、強がってしまったけど、目を逸らせられなかった問題。

一郎の、本当の幸せはどこにある。

考え込む二郎は、景虎がそんな二郎を見て微笑んでいることに気付かなかった。

人の心を見透かす目で、二郎を真っ直ぐ見つめて、嬉しそうに、景虎は告げる。

「そうやって、だんだん自分以外の生き物に、責任が持てるようになるんじゃないかな」

二郎は間違ってない。そう言われた気がした。最初から立派な飼い主なんかいない。だから考えて、悩んで、気付いて、成長していく。

犬を育てるのと一緒に、飼い主も成長していくんだと、景虎は言っている。

でも、それはやっぱり、飼い主の都合だと思った。

「……一郎は、僕と一緒じゃない方がいいに決まってる」

「何でそう思うんです？」

優しく問いかけられて、二郎のノドから堰《せ》き止めていた物が溢《あふ》れていく。

「僕じゃなければ、もっと外で遊べるし、他の犬とだって仲良くなれる。メシとかも工夫してくれたり、服とか、旅行とか、楽しい事だっていっぱいあるでしょ」

早口でまくし立てる。ずっと考えまいとしながら考え続けていたことが溢れてきて、同時に悔しさも溢れてきた。

でも、これは事実だ。

「僕と一緒にいても、得なんてないのよ」

一郎の幸せは、自分の隣にはない。今、それがハッキリと分かった。だから自分は、このまま潔く帰るべきだ。

「犬は損得なんて関係ありませんよ」

二郎の決意に反することを、景虎が口にする。

「一番つらいのは、信頼してる人に会えない事です」

もしかしたら、それも真実なのかもしれない。しかし、それなら信頼する人を、これから作れば良い。時間が経てば、一郎は二郎のことなど忘れるだろう。でもそれで良い。情も思い出も、薄れていけば良いと思う。

もう自分の出番は、終わりなのだ。

「見解の相違ですな」

そう言って、二郎は立ち上がった。それでも景虎は微笑みを崩さない。

「迎えに来て下さい」

そんな言葉も無視して、行こうとする。最後に一郎を見ようと店内の方へ視線をやるが、『アルバイト募集、動物好き集まれ！』という張り紙の奥にマユの姿を見つけ、諦めて歩き出した。

「待ってますから」

後ろから掛けられる景虎の言葉から、逃げるようにその場を去った。

もうここに来ることはないだろう。

そんな決意を固めて去って行く二郎の背中は、酷くもの悲しかった。


サークル内で、一郎がウロウロしている。不安そうに周囲を徘徊《はいかい》しては、同じ場所に戻って一点を見つめる。二郎がいた辺りに向かって「クゥン」と切なそうに鳴いては、また周囲を徘徊する。その繰り返し。

一郎が一度鳴いてから、マユは一郎をずっと気に掛けていた。

何かに向かって訴えかける一郎。寂しそうに鳴く一郎。

マユは何となく、そこに誰がいたのか想像することが出来た。

景虎が店内に戻ってくる。

「店長、今——」

「まあまあ」

笑顔で制されて、マユは何も言えなくなる。

それっきり、景虎は仕事に戻ってしまった。仕方なくマユも仕事に戻るが、胸の内にはモヤモヤが残っている。

自分は間違っていない。そのはずなのに、居心地の悪さが残っている。

視線の端では、一郎が諦めて、その場にうずくまっていた。

二郎は、いつもの土手を歩いていた。一郎と歩いてきた道。思い出を振り返るように歩きながら考える。これで良かった。心の中で、何度もそう呟いていた。

一郎は、あそこにいた方が幸せ。自分のところにいても、つまらない。他の犬と比べれば一目瞭然《いちもくりょうぜん》だ。だから、これで良かったんだ。

そうやって何度も自分を納得させながら、道を歩いて行く。周囲に気を配る余裕もなかった。心の整理をつけるので精一杯だった。そのせいで、目の前に女性がいることに気付

かなかった。

「きゃ」

女性と肩がぶつかり、転ばしてしまう。慌てて女性を見るが、二郎に手を伸ばすまでの勇気はなかった。

しかも、突き飛ばした二郎を睨《にら》み付けてくる女性は、厄介なことに——。

「ま、また貴方。もう、私に恨みでもあるんです？」

不機嫌そうに言って、鎌田晶子は立ち上がった。足元ではチワワのツクネが、激しい動きを見せた晶子に勘違いして「遊ぶ？　遊ぶの？」と言わんばかりに尻尾を振って、周囲をクルクル回っていた。

「言いたいことがあるなら、ハッキリ言って下さい。どうぞ」

ぶすっとする晶子に、二郎も思わずため息をつく。

「別に恨みも言いたいこともないし。そっちの勘違いな訳だけど」

「ウソです。信じられません」

前も同じ事を言われた気がする。よっぽど二郎のことを嫌っているらしい。

晶子もそれに気付いたのか、少しバツが悪そうに語勢を弱めた。

「だって貴方、ヒドい人じゃないですか。お見合いだっていうから、こっちもちょっとは気持ちを作ってたのに。冷たい態度ばっかり」

「……お見合い」

なるほどね、と二郎は納得した。重男たちは犬の友達作りと言っておきながら、二郎を結婚させる魂胆だったらしい。

だから着物とか職業とか、若い女性とか。……今思うと、気付かない自分もどうかしていたが、それにしても、どこまでもお節介な親戚《しんせき》である。

合点のいった二郎だったが、晶子はそれに気付かず不満を続けていた。

「それに、人が困ってるところを勝手にカメラで撮ったりして。ああいうの、失礼だと思います」

それに関しては、言い訳のしようもない。失礼なことをしているのは事実だ。けど今は、他人から責め立てられる気分ではない。別にそんな気分になる時がある訳じゃないが、とにかく今は止めて欲しい。

晶子の不満をシャットアウトしようと「あの」と口を出そうとする。しかし晶子は、ぷりぷり怒って、聞く耳を持たない。

「さっきも、貴方みたいな人がいたんですよ」

「は？」

「女性に犬を絡ませて、困ってるところをカメラに撮ってる人。信じられません」

それは、もしかして。

二郎の脳裏に、一人の青年が浮かんでくる。

「そもそも貴方は、どうしてカメラを撮って」

「ちょっ、待って。ウェイウェイ」

二郎が両手を広げて制すると、晶子の不満がようやく途切れた。そこですかさず質問する。

「それはどこで見たの」

「え？」

「撮ってる人。どこで見たわけ」

ずずい、と晶子に詰め寄る。

迫力に負けたのか、晶子は戸惑いながらも答えてくれた。

「あっちの、商店街の方ですけど……」

「そう」

言って、二郎は歩き出した。後ろからは、困惑した晶子の声が聞こえてくる。

「……もしかして、お知り合い？」

その通り、だと思われる。

女性、犬、カメラ。この近隣で、その三つのワードを取り揃えてる人物は、そうそういないだろう。

間違いない。晶子が見たのは、啓輔だ。二郎は自分でも気付かぬ内に走り出していた。


商店街についたところで、二郎は不意に我に返った。

自分は、どうして啓輔を探しているのか。

何も考えていなかった。啓輔に何を言いたいのか、啓輔に何をして欲しいのか、何一つ頭の中にないのに、ここまで来てしまった。

「……何をしてるんだか」

自分の行動に呆れてしまう。大体、仮に目的が明確だったとして、自分にその資格があるとも二郎には思えなかった。

自分は最低な飼い主だ。他人のやり方に口を出せる程、立派じゃない。大人しく帰ろう。

そう思い、反転する。

そこに、啓輔がいた。

「あー、おじさん！　なになに、久しぶりじゃん！」

右手にカメラを、左手に柴犬・イガラシのリードを持って、二郎に近づいてくる。帰ろうとした矢先に、これだ。二郎は自分の運の無さを呪った。

「あれ、おじさん元気ない？」

「……いろいろあってね」

その中には啓輔の事も含まれているのだけど。そもそも啓輔が『美女と犬』なんて撮らなければ、二郎の『老人と犬』が企画倒れすることもなかった。

それを思うと、啓輔のことが恨めしい――はずなのだが、そこまででもない。不愉快ではあるが、仕方ないとも思っている。マユや一郎のことも重なって、それどころじゃなかったのが一番大きな理由かもしれない。

今は、どうだろう。

さっき、他人のやり方に口を出せる程立派じゃないと思ったばかりだったが、様子を見るくらい良いだろうか。

何気なく、イガラシを観察してみる。元気がないように見えた。

穿《うが》った見方をしているかもしれない。けれど、前に見た時はもっとハツラツとして、尻尾もよく動いていた気がする。

「分かったおじさん、あれでしょ」

その原因かもしれない青年は、笑って二郎を指さして言う。

「写真集、ボッになったっしょ？　それでへコんでんだ」

晶子に失礼だと言われた二郎だったが、こいつに比べれば可愛いもんだろと思った。

ボッになったのは、誰のせいだ。

あまり気にしてなかった二郎だったが、こうも無遠慮に本人から笑われると、さすがにカチンと来る物があった。

「関係ない。元々そんなにアテにしてなかったしね」

「強がっちゃって。ちなみに、俺の方は順調満帆。もうすぐ発売だよ」

それを言うなら順風満帆だろ。

指摘してやりたかったが、この件に関しては自分が敗者であることを、二郎も自覚している。何を言っても負け犬の遠吠《とおぼ》えになるなら、反論も空しいだけかもしれない。

代わりに、というわけじゃないけれど――。

「……それが出たら、動画はやめたりして？」

そんな質問をしていた。

もし啓輔が写真集で満足してるなら、撮影はやめるかもしれない。そうしたら、イガラシの負担は減る。二郎には、それが一番良い展開に思えた。

二郎の質問に、啓輔はキョトンとした。そして、おかしそうに笑い出す。

「やめないやめない。写真集が出たら、次はＤＶＤとかになるかもしれないし？　俺、この仕事、向いてると思うんだよね」

啓輔が自慢げに語る。自信に満ちていて、充足感を得ていて、社会の中で生きているという実感を信じてやまない感じ。

自分を見ているようだった。

やっぱり啓輔は、自分と似ている。二郎にはそう思えた。

「やめた方が良いと思うけど」

「は？」

小さな呟きに、大きな声で聞き返される。

啓輔は二郎より、背が高い。肉付きも良い。年齢だって、ずっと若い。

それらの事実は、二郎の行動を恐怖で縛り付けてくる。それでも、意を決して言う。

「いっ、犬の気持ちを考えたら、やめた方が良いんじゃないかな！」

大声になってしまった。思い切り過ぎたかもしれない。

目の前で啓輔が驚いている、だけでなく、周囲の買い物客たちも怪訝《けげん》な目を二郎へ向けていた。

　そんな中、啓輔がへらっと笑う。

「気持ちって、おじさん。犬だよ？」

　なんだか聞いた事のある台詞。ますます、自分と似てると実感させられる。となると、行きつく先も分かる気がした。このままじゃ、犬は幸せにならない。

　一郎と同じように。

「……君、イガラシを家族だと思ってないでしょ」

「失礼だな。思ってるよ。大事な金ヅルだし」

「ほら言った、金ヅル。良くないと思うね」

　過去の記憶と繫《つな》がって、スルスル言葉が出てくる。

　マユに言われたことを二郎が口にして、自分が言ってたことを啓輔に言い返されて。まるで自分に説教しているみたいだ。

　啓輔の表情が、不愉快そうに歪《ゆが》む。

「ちょっと。分かったようなこと言わないでくんない？　むかつくんだけど」

　予想どおりの返し。上手くいっている自分のやり方を否定されると、普通よりずっと腹が立つのだ。その気持ちを二郎は、充分に知っている。

「大体さ、おじさんにだけは言われたくないんだけど」と、そこで啓輔は攻撃に転じてきた。

「俺だって、おじさんの真似して撮り始めたんだし。なのに撮るのは良くないって言うの、おかしくない？」

「うん、そうね。でも人は変わる生き物だから」

「なにそれ、訳わかんないし」

啓輔がヘソを曲げて、二郎の足元を見る。

「ていうか、あれ？　おじさん、今日は犬いないの？」

「ぎくっ」

分かりやすく狼狽《ろうばい》してしまった。というか声に出てた。

啓輔が訝《いぶか》しんでいる。そして、大げさに両手を合わせた。

「分かった！　逃げられたんだ！」

「いや」

「そっかそっか、だから俺にやめろって言ったんだ！　もう自分が撮れないから、悔しいんでしょ？」

「全然違う」

反射的に否定する二郎だったが、啓輔は強がってるだけとしか捉えない。

「それ情けないよ、おじさん。自分が失敗したからって、俺の足まで引っ張らないでよ。それでも良い大人？」

啓輔の推理は、ほとんど外れている。しかし二郎には、後半の言葉が胸にグサグサと刺さった。

それでも良い大人って――言われなくても分かってるんだよ。

「うん、ほとんど間違いだから。君は名探偵にはなれないタイプ」

「またまた。逃げられたんでしょ？」

「違うし。自分で手放しただけ、せいせいしてる」

「えー。嘘《うそ》だー」

愉快そうに笑う啓輔。その屈託のない、純粋に馬鹿《ばか》にしている笑顔に、二郎の中にもイライラが募っていく。

「そして君は、逃げられそうなタイプ」

悔しさ紛れに、言ってしまった。途端、啓輔の顔から笑みが消え怒りに変わる。

「おじさん、ほんと失礼だよね」

「それはお互い様ではないかと思う。でも君は、人にも犬にも失礼だよね」

二郎のあからさまな侮辱に、啓輔の目付きが鋭くなる。

「ケンカ売ってる？」

「家族と言うより金ヅル。そんな人に動物を飼う資格はない……らしいよ」

今度は、無言で睨みつけられる。

一触即発というやつか。今にもパンチが飛んできそうな雰囲気に、二郎は言い過ぎたかもと後悔を覚えた。

やばいかもしれない。

啓輔の鋭い視線から目をそらして後ずさる。

「ちょっと。逃げんの？」

ズバリ当てられて、逃げようとしていた足が止まる。

動きを止めた二郎に、啓輔がズンズンと近づいてきた。思わず二郎も、再び後ずさる。

やばい、やばいやばい。殴られるかもしれない。カメラを持った右か、空手の左か。どっちにしろ痛いのはごめんだ。

ズンズン近づいてくる啓輔。

その距離だけ後ずさる二郎。

二郎の背中が電柱に当たる。もう後ろには下がれない。

——そこで、気付いた。

「犬は」

「は？」

「イガラシ、どこ行った」

二郎に指摘されて、啓輔も気付いた。左手が、空になっている。さっきまでは、リードを持っていたはずだ。

「イガラシ？」

啓輔が名前を呼んで周囲を見渡す。しかし、一郎に似たあの柴犬は見当たらない。辺りのどこにも、見当たらない。

二郎と啓輔が、顔を見合わす。そして一斉に走り出した。

「イガラシ！」

啓輔の大きな呼び声が商店街に響く。商店街を出れば、そこは車道だ。そっちへ出てないことを祈るしかない。

周囲の人々が鬱陶《うっとう》しそうな顔を浮かべているが、啓輔も、二郎も、構わず辺りを必死に探し回った。

十分後、二人はイガラシを見つけた。

初めにいた商店街の端から、向こう端まで探し回って、結局見つけたのは元の場所のすぐ近くだった。商店街を出てすぐの車道。それに沿う歩道の上に、イガラシはいた。

その光景に、啓輔は呆然《ぼうぜん》とする。

「どうしたの、君。迷子?」

イガラシに話しかけているのは、ツクネを連れた晶子だった。二郎のただならぬ様子が気になって戻って来たのかもしれない。

しゃがみ込む晶子の足元では、ツクネとイガラシがジャレ合っている。

さっきまで元気のなさそうだったイガラシが、足取りも軽快に、尻尾を勢いよくパタパタと振っていた。あんまり嬉しそうに、そして激しくはしゃぐものだから、晶子もちょっと困った笑顔を浮かべている。

それでも、楽しそうな犬を見る晶子は、同じように楽しそうだ。

二郎は啓輔の様子を伺った。

無言のまま、二匹と一人の楽しそうな様を見つめる啓輔は、ショックを受けているようだった。愕然《がくぜん》とした表情でイガラシを見つめながら、ぽつりと何かを呟いた。

「あんな……」

啓輔の呟きは小さく、その言葉はほとんど聞き取れなかったが、彼が何を言いたいのか二郎にはなんとなくわかってしまった。

たぶん啓輔は、「イガラシのあんな様子を見たことがない」と思ってしまったのだろう。一郎に対して二郎がそう感じたことはなかったが、そう呟いた時の啓輔の表情は二郎もよく知っていた。

きっと、自分も浮かべていた表情だ。マユに責められた後や、景虎に諭された時に浮かべたであろう表情。

自分は間違っている。そして、犬を幸せにすることは出来ない。

そのことに、気付いてしまった表情だ。

晶子達を見ていた啓輔が、二郎の方へ向く。何かに耐えるような、弱々しい笑顔を浮かべていた。

「おじさんと同じだ」

振り絞るように言って、振り返る。イガラシとは反対の方向へ。

「犬がいなくなると、せいせいするわ」

そう言い残して、突然走り出した。

どんどん小さくなっていく啓輔の背中を、二郎だけが見送る。

同じじゃない、と思った。

啓輔は、あれだけ無神経で乱暴そうでも、どこかで犬のことを思っていたのだ。そして自分といれば、イガラシは幸せだとも思っていた。けど、違っていたと気付くと、すぐに手放した。犬の気持ちを思っているから、自分から手放したのだ。二郎のように、他人に強制された訳じゃない。

全然同じじゃない。

啓輔の方が、ずっと、立派だと思った。

その後二郎は、晶子に気付かれないよう、帰路についた。

なんだか、すごく疲れていた。今日は一日、いろんなことがあったからだろう。とにかく、眠りたかった。誰もいない家で、心と体を休めたかった。めいっぱい眠ろうと思う。一日でも、三日でも。気の済むまで、眠りこけようと思う。

今の二郎には、それが出来る。自分を必要とする人も、犬も、もういないのだから。

第四章　エヴリディ一郎、やっぱり一緒にいたいのだ。

二週間が経《た》った。

十月も半分を超え、秋を感じさせる涼しい風が街を通り抜けていく。

犬と散歩をする人たちの服装も、半袖《そで》から長袖に移り変わり、季節の変化を感じさせる。

これからは、気温もどんどん低くなっていく。人肌が恋しくなったり、犬肌が恋しくなったりもするかもしれない。

二郎は、変わらず一人ぼっちだった。広い芝家の中で一人、ベッドに横になっている。

パソコンを付けるでもなく、うまい棒をかじるでもなく、毎日のように惰眠をむさぼっていた。

何もする気が起きない。何かすれば、一郎のことを思い出してしまう。

二年前の鬼ごっこで離ればなれになった時と同じように、一郎のことを忘れようとしても、この家には一郎との思い出が多すぎる。忘れたくて、忘れられなくても、ベッドの上で一日を過ごす。

動画は全て消した。オモチャは全て捨てた。

あとは思い出を忘れるだけだから。二郎は、ひたすら眠り続けた。

静まりかえった立派な一軒家。そこへ、女性の声が聞こえてくる。


「すいませーん」

芝家を訪れたマユは、もう三度目になる呼び声を発した。ノックも、少し強くしてみる。

しかし、誰も出てくる気配がない。

以前訪れた時は、二回ともすぐに出てきたのに。

「留守かな」

玄関先で、一人呟《つぶや》いた。留守だとしたら、とんだ無駄足だった。ここには二度と来るもんかという決意を曲げてまで来たというのが、空しさをいっそう大きくする。

一郎が全くご飯を食べないから、普段の食生活がどうだったか、聞かせてもらおうと思ったのに。

こんな時ぐらい役に立ってよと、つい心中で愚痴を零《こぼ》してしまう。でも、いないなら仕方ない。愚痴を零しても何も変わらない。

出直そう、ときびすを返す。

「あら」

そこで、二人の女性とバッタリ出くわした。


富子と加代子に促されて、マユは芝家にお邪魔した。

外から見ても分かっていた通り、大きな家だ。二郎の叔母だと名乗った富子から、今は二郎が一人で住んでいると聞いて、世の中って不公平だと思ったりもした。

加代子は二階に用があるらしく、一旦分かれる。残った富子に案内されて、マユは居間までやってきた。これまた広い、畳敷きの一室だ。

「まあまあ、せっかくだから」

としきりにマユを座らせたがる富子に押されて、テーブルにつく。あまり長居をするつもりじゃなかったのだが、お茶と菓子まで出されて、すっかり座談ムードだ。

マユの対面に座った富子が「それで」と話を切り出してきた。

「貴方、一郎を預かってる人でしょう？」

「あ、はい」

内心、ドキっとした。二郎の叔母で、この家にも当然のように出入りしてる感じからして、富子は一郎とも親しいだろう。

マユは間接的に、富子からも一郎を奪ったことになる。そのことを責められるのでは、と気負いしてしまう。が、緊張が顔に出ていたらしい。

「ああ、違うのよ。別に返せなんて言うつもりじゃなくて」

富子が笑って訂正してくれて、マユもホッとした。

「それより二郎君はどうなの」更にそんな言葉を掛けられて、首を傾げた。

「どう、と言いますと」

「お見合い、したんでしょう」富子の、どこか期待するような瞳《ひとみ》。

マユは何を言われてるのか理解した。

「ありえません」

ピシャリと言ってのけて、その後で失礼だったかなと気付く。富子も、キョトンとしていた。

「あ、ごめんなさい。甥御《おいご》さんに失礼なことを」

慌てて謝ったマユに、入り口の方から声がかかる。

「良いと思いますよ。曖昧《あいまい》に返されるより、スッキリしますし」

見ると、加代子が先程よりも気疲れしたように立っていた。

富子の「どうだった？」という質問に、ズンズンと歩いて富子の隣に座った。不機嫌そうに、クッキーを一つ咀嚼《そしゃく》しながら言う。

「声掛けたら、帰っての一点張り」

「そう。ま、生きてるなら大丈夫でしょ」

どういうことだろう、とマユが一人話についていけないでいると、富子が苦笑を浮かべて言った。

「二郎君、今ちょっと引きこもってて。私の旦那から、たまに生きてるかどうかだけ確かめてやってくれって言われてるのよ」

「ちょっとじゃないけどね。今まで一番ひどい」

加代子の訂正に、富子は大きなため息をついた。

けどマユは、別のところに引っかかりを覚える。

「あの、今までっていうのは」

「二郎さん、もう十何年間も引きこもってるんです」

「こら加代子」

富子に指摘されて、加代子が黙る。富子としては身内の恥をあまり晒《さら》したくないんだろう。少し悪い質問だったなと自省する。

でも、これは大きな証言だった。引きこもりというなら、満足に散歩もしていなかっただろう。人付き合いだって疎遠だったはずだ。そんな人間が飼い主で、犬が、一郎が幸せであったとは思えない。

「……一郎くんも、つまらなかったでしょうね」

数少ない遊び相手である飼い主が、犬を動画に利用するような人間なのだ。いかに環境に恵まれてなかったかが、分かる気がする。

「それが、そこだけは、そうでもなかったんですよ」

「え?」

耳を疑うマユの前で、加代子が富子に同意を求める。

「ねえお母さん」

「まあねえ。二郎君と一郎は、いろいろあったから」

「いろいろ、ですか?」

困惑気味に聞いたマユに、富子が答える。

「二年前から、一年間ぐらいだったかしら。二郎君、一郎と一緒に母親探ししてたのよ。

母親本人の企みでね。二郎君が子供の頃《ころ》によくやってた鬼ごっこを、世界規模でやったの」

「せ、世界規模？」

最後の言葉に、マユは驚きの声を上げてしまう。それを見た加代子が、笑いながら説明を追加してくる。

「最初は半径三キロメートルから出たことなかったのに。二郎さん、最後はアルゼンチンまで追いかけてっちゃって。地球制覇ですよ、地球」

「……はあ」

スケールの大きさに、マユは言葉を失った。鬼ごっこでアルゼンチン。……マユ自身は、日本から出たこともないのに。

硬直したマユに、富子が微笑んで言う。

「二郎君をそこまで連れていってくれたのが、一郎なのよ。一郎と外を歩き回って、いろいろ勉強したみたいね。それが、一年ぶりに帰ってきたと思ったら、また引きこもりに戻っちゃって」

やや呆《あき》れた風に言い放ちつつも、富子は微笑んで続けた。

「二郎君にとっては、一郎は特別な子なのね。引きこもりに戻っても、ずっと一緒。二人で起きて、食べて、寝て。カメラで遊んだりもして」

「毎日楽しそうだったよねえ。一郎と二郎で、仲の良い兄弟って感じ」

「働いてくれれば、それで文句ないんだけど」

富子が口にしたオチに、富子自身も加代子も、渋い顔でため息をついた。

「あ、あの」マユが縋《すが》るような声を上げる。

今の二人の会話で、何となくだが、気付いてしまったのだ。自分は間違っていたのではないか、と。

それを確かめるべく、そもそもここに来た理由である質問を、富子に向かってぶつける。

「一郎くん、ウチで今、ご飯を食べようとしないんです。こちらで何か、特別な物を食べさせていたんでしょうか」

どこか必死とも取れるマユの語調に、二人は目をパチクリさせつつ答えた。

「別に、普通だったと思うけど」

「めんどくさがり屋の二郎さんのことだから、ペットショップで買ってきたドッグフードをそのままあげてただけなんじゃないかしら?」

それが本当なら、今マユが出しているものと同じということになる。なら、一郎がエサを食べようとしないのは、エサの種類というわけではないのだろうか。

「なら、どうして……？」

状況も忘れて考え込んでしまうマユを見て、富子と加代子の二人も首を捻《ひね》った。

「一郎が食欲不振ねえ。あれかね、枕が変わると寝られないってヤツ」

「何か違うでしょ、それ」

「分かってるけど、他に上手い言葉が思い浮かばなかったのよ」

呆れ顔の加代子に、富子が不満げに言い返した。確かに、富子の言葉は使いどころを間違ったものだったが、何を意図していたのかはマユにもよく分かった。つまり――。

「ストレス……ということでしょうか？」

そんな馬鹿《ばか》な、とも思う。横暴な飼い主の元を離れ、一郎は今こそストレスフリーな状態なのだ。……そのはずなのだ……でも……。

「ストレスなんて大袈裟《おおげさ》なもんでもないだろうけどねえ」

「二郎さんがいなくて、寂しいんじゃないですか？」

加代子のその言葉以上の説得力を持つ答えをマユは思いつきそうになかった。


次の朝、マユはペットショップである発見をする。

開店準備をしているスタッフと挨拶《あいさつ》を交わした後、商品の陳列を始めた時のこと。本やDVDのコーナーにあった写真集に目が止まった。

本のタイトルは「美女と犬」。

何気に手を取ったマユは、ページをめくってみて、驚いた。自分が写っている写真があった。場所に見覚えがある。〃ほほえみ動画〃にアップされていたものだ。まさか二郎は、ネットに動画を上げるだけでなく、写真集にしてお金稼ぎまで？

一瞬そう思い、怒りが込み上がってきたマユだったが、ふと表紙の写真を見返してみる。表紙の柴犬。確かに、一郎に似ている気もするが……。

サークル内の一郎を見る。表紙の柴犬と見比べてみる。よく見れば、違う犬なのはハッキリ分かった。しかも表紙の下の方には、書かれている柴犬の名前は――。

「イガラシ君……。やだ、違うじゃない……」

一郎とは違う名前が、明記されていた。


数日後、芝家にまた人が訪れてきた。

誰が来ようと関係ない。二郎は無視して眠り続けようとする。が、呼び声で訪問者の正体に気付いた。

何故ここに、と訝《いぶか》しみながらも無視出来なくなった二郎は、重い体を引きずって玄関まで出向いた。

扉を開けた先には、鶴牧が、嘘《うそ》くさい笑顔で立っていた。

「どうも」

いつも心から話してる感じのしない男だったが、今日は特に何かを隠しているように見えた。二郎の警戒心をみるみる引き出してくれる。

「もう用は無いはずだが」

冷たく言い放った二郎に、鶴牧は一歩、扉を踏み越えて告げる。

「ちょっとお時間いいですか？」

質問というより確認というか、「いいですよね」と言わんばかりの強気な態度。

追い出してやろうか。

ムッとした二郎だったが、話を聞いてからでも遅くない、と無言で玄関の床に座る。それを見た鶴牧が、我が意を得たりと口を開く。

「いやあ、実はひどい目に遭いましてね」

「……」

「例の芝さんの作品をパクった企画『美女と犬』。あれが今クレームの嵐でして」

ピクリ、と二郎の眉《まゆ》が動いた。

「写っていた女性のほとんどが無許可の隠し撮りだったらしくて、出版差し止めですよ」

「ふーん」

興味なさそうに相づちを打った。一瞬啓輔のことが頭を過《よ》ぎりはしたが、結局、二郎には関係のない話だ。詳しく知る必要もない。

が、鶴牧の話はそこで終わらなかった。

「アテがはずれちゃったんで、うちも困ってまして。なので敗者復活と思いまして」

ああ、そういう話ね、と納得した。

「途中まで出来てましたし、例の印税の件も考えてもいいですし」

「お断りします」鶴牧の申し出をピシャリと断る。

二郎のにべもない態度は、鶴牧にとっても予想外だったのだろう。

「え、ちょっと待って下さいよ」慌てて、というより不服そうに、鶴牧が食い下がる。

「言っちゃなんですが、芝さん最近新作アップしてないでしょ。アクセス数も下がってるし」

と二郎の危機感を煽《あお》ろうとする鶴牧だったが、とんだやぶ蛇だ。

ほほえみ動画に、もう一郎の動画は残っていない。二郎が、一郎のことを忘れるために、一週間以上前に全て消していた。

つまり鶴牧は、それをロクに調べることもせず、ここへ来たという訳だ。

「正直写真集にする程じゃないのに、あえて……」

「穴空いたんで埋めたいだけでしょ」

二郎のストレートな物言いに、鶴牧がムッと口をとんがらせた。

「……そうですよ。それでもありがたいって、普通の飼い主なら思うんじゃないの。自分の犬が写真集になるんだよ」

そういうものだろうか。あいにく、自分は普通の飼い主じゃないから、よく分からない。

それに、だ。一郎のことを鶴牧にゴチャゴチャ言われるのは、とても気にくわない。

「それも特に何かできる犬じゃない。平凡なただの柴犬じゃないの」

「ただのって……」

鶴牧が、一郎の何を知っているというのか。

「それを本にしてやるって言うのに。犬が可哀そうだよ。せっかくのチャンス」

何が可哀そうなもんか。

一郎は、そんなの望んでない。

一郎は、そんなチャンスはいらない。

一郎は、平凡なただの柴犬なんかじゃない。

一郎は。

一郎は。

一郎は――。

「犬の事も少しは考えてやんなよ」

「考えてるよ！」

大声が出た。溜《た》まりに溜まって、でも抑え付けていた気持ちが、無神経な言葉に爆発してしまった。

たじろぐ鶴牧に、激高した二郎が怒鳴りつける。

「毎日毎日、一郎の事しか考えてないよ！　エヴリディ、一郎だよ！　あんたに何が分かるんだよ！」

怒鳴りながら、二郎は泣きそうになっていた。

腹が立って、悔しくて、胸の中の苦しい何かが、涙になって溢《あふ》れてきそうだった。自分は、こんなにも一郎のことを。

その想いに耐えきれず、我慢出来ず、鶴牧を突き飛ばす。

「出てけ！　二度と来るな！　潰《つぶ》れろ会社！」

鶴牧を追い出して、扉をバチンと閉めた。一人ぼっちになった家の中、玄関の土間で。

二郎は、力なくその場に座り込んだ。

分かっていたはずだった。あの鬼ごっこで、学んでいたことだった。忘れたくて、必死に忘れようとしても、大切な物は忘れられない。

一郎のことが大切だから。記憶はずっと、心に刻まれている。

どれくらい座ったままだったか。二郎は重い腰を上げて、歩き出した。

部屋に戻ろう。自分に、一郎と一緒にいる資格なんて無い。一緒にいられないのなら、消せなくとも、せめて思い出さないように。記憶の蓋《ふた》が開かなくなるまで、引きこもっていよう――。

「ごめんくださーい」

聞き覚えのある声が、扉の向こうから聞こえてくる。

「芝さーん。ご在宅ですか？」

トントン、と扉がノックされる。

この声は晶子だ。この家を訪れるのは、お見合いの時以来か。もう用はないはずの人間が次から次へと、一体何の用なのか。構うもんか、と無視して二階へ上がろうとする。しかし――。

「あの、助けて欲しいんです。笹山という人が、犬を返せって詰め寄ってきて」

どうにも、無視できる内容ではなかった。

少し逡巡《しゅんじゅん》した後、玄関に戻って扉を開ける。

晶子は、ツクネとイガラシを連れていた。

「ごめんなさい。お邪魔しても……」

「どういうこと」

晶子の言葉を遮って聞く。

啓輔は、潔くイガラシを手放したはずだ。あの時はあっさりしていたのに、今更返せとはどういうことか。

二郎の責めるような口調に、晶子も不満そうに口を尖《とが》らせる。

「知らないです。この前拾ったこの子とツクネと散歩しているところに、突然。俺の犬だから返してよ、って。なんだか信用出来なかったから、逃げてきたんです」

怒り気味に言う晶子が、嘘を言ってるようにも見えない。啓輔は本当にイガラシを取り戻そうとしているようだ。

しかし、それならば――。

「返しちゃえばよかったじゃない。その犬、あいつの犬だよ。……あ、いや、犬だった、なのかもしれないのだけど、うん」

そうすれば問題は解決……いや、解決はしないのかもしれないが、面倒は起こらない。少なくとも、二郎が巻き込まれることはない。

「この子の飼い主があの人だっていうのは知ってます。お散歩しているところも見たことがありますし」

「じゃあ、なんで」

「私がこの子を拾ってから、いったい何日経ってると思うんです？　半月以上経ってるんですよ？　そんな長い間、自分の犬を放っておくような人に返してくれって言われても、はいそうですかなんて言えません。この子が可哀想です」

「ああ……」

そういうことか。晶子が言った「信用できない」は、啓輔が本当に飼い主かどうか信用できないという意味ではなく、啓輔を飼い主として信用できないという意味だったのだ。

そしてそれは、自分も同じだと二郎は思った。自分は「信用できない」飼い主で、周りから見てもそれは分かってしまうのだ……。

いや。自分には関係のない。もう、関係のないことなのだ。

「あの、あのね。あなたが誰かを信用したりしなかったり、犬を返したり返さなかったり、どっちでもいいことなんだけど、とにかく僕には関係のない話なわけで」

「そんな。あなた、あの笹山って人のお友達でしょう？」

「お友達違う。全然違う」

これ以上の面倒事に巻き込まれる前に、晶子を追い払ってしまいたかった。たぶん、彼女がこのままここにいると、二郎にとって最悪の状況が訪れる。

——と、まさにちょうどその時。

「いた、おばさん！」

開け放たれたままの玄関の向こうから響いた大きな声と共に、張本人が現れた。

石門から現れた啓輔は、息が荒れている。周囲を必死に探し回っていたのかもしれない。長々と探していたストレスからか、余裕のない様子でズカズカと晶子に寄ってくる。

「ちょっと、イガラシ返してよ。俺のだって言ってんじゃん」

「お、おばさんじゃありません。私、まだ三十三です」

「そんなのどうでもいいし。イガラシ返せって言ってんの」

「イヤです。貴方みたいな人に、渡すもんですか」

言って、晶子が二郎の後ろに隠れる。

何故自分を巻き込む。二郎は、頭を抱えたくなってしまった。一方で、啓輔は二郎の姿にたった今気付いたらしい。

「あれ、おじさんじゃん。なんでここにいるの」

「それはこっちの台詞な訳だが」

「芝さん、この人と友人なんでしょう？　なんとか言ってあげてください」

「だから友人じゃねえし」

ひたすら否定する二郎だったが、晶子と啓輔は二郎を挟み込んで、自分の意見を通そうとするばかり。

「おじさん、おばさんと知り合いなの？　イガラシ返すように言ってよ」

「知らんし。僕には関係ないでしょ」

「あんな事しておいて、関係ないなんて酷《ひど》いです」

「人聞き悪すぎ……」

二人の間で呟きながら、二郎は家の中へ戻ろうとする。しかし、晶子が通せんぼする。仕方ない、庭の方から回り込もうと振り返る。すると、啓輔が通せんぼする。

「……勘弁してくれませんかね」

「おじさん」

「芝さん」

迫り来る二人。逃げられない二郎。晶子の足元では、人間たちの気も知らずツクネとイガラシが楽しそうにジャレあっている。

……本当、帰ってくれないかな、と内心で嘆く。

その時、視界の端に新たな人物が映った。石門の方で、集配箱に手紙を入れた男が、こちらへ気付いた。

財部だ。目が合った瞬間、二郎は「しめた」と思った。あのお節介な財部のことだ、二郎が二人の男女に挟まれ、もがいている様子を見れば、「どうしたの？」とか「何やってんの、二郎ちゃん」とか「この人たち誰？」とか、とにかく首を突っ込んで来てくれることだろう。そうなれば、あとは財部に任せて二郎はいつも通りの平穏な時間を過ごせる。

二郎と目が合った後、財部は訝しげに晶子や啓輔に視線を向けた。大分、この異様な状況を気になっているようだ。

よし。もう次の瞬間には声をかけてくるだろうと二郎が思った次の瞬間に、くるりと踵を返し、帰ってしまおうとした。

「ちょっ!?　ベーちゃん、ウェイウェイ！　ちょっと待って」

通せんぼする啓輔を押しよけて、石門の方へ駆け寄る。財部は、自転車に手を掛けていた。本当に帰る気だ。

「なんで帰っちゃうの。この状況見て帰るとか薄情にもほどがあるでしょ」

財部の肩に手を掛けて言う。すると財部は、ふて腐れたように「だって」と言い、

「二郎ちゃん、ほっといてくれって言ったじゃん」

そういえばそうだった。財部のことを冷たく突き放した時のことを思い出す。あんなことを言っておいて、助けを求めるのは調子が良すぎるだろうか。

いやいや。今更そんなことを気にするようなら、三十何年も他人にぶら下がった生活をしていない。

「あれとこれとは話が別でしょ。言い合う男女に挟まれて、これは事件だよ事件」

「俺には関係ないし」

「なに、怒ってるわけ？　あいにく慰謝料に回す貯金はないのだが」

言った途端、財部が冷たい目で二郎を見た。

「……さてと、仕事仕事」

そして何も無かったかのように、自転車にまたがる。

「分かった、分かったから」

それを二郎は、慌てて自転車のハンドルを摑《つか》んで止めた。

「ごめんなさい。これで良いでしょ、助けてよ」

二郎の心が籠《こも》ってるとは思えない謝罪に、また財部が冷たい目を向けてきた。その目が、呆れたようなため息と共に、和らいだ。

「ま、二郎ちゃんにしては上出来か」言って、財部は自転車から降りた。

「それで？　何があったの」

共に玄関に向かいつつ尋ねてくる財部に、事情を説明しようとした二郎だったが、二郎の説明よりも先に、玄関先で言い争う晶子と啓輔の二人の声が聞こえ、財部はそれだけで漠然と状況を理解したようだった。

互いの言い分を聞こうにも、いいから返せと言う啓輔と、信用出来ないという晶子の言い合いは平行線をたどるばかり。

収拾の付かない状況に辟易《へきえき》した財部が、自棄《やけ》になったような口調で提案した。

「もう、犬に選ばせちゃったらどうです？」

と、いう訳で。

二郎、財部、啓輔、晶子の四人は、近くの公園に向かった。

平日の昼間とあって、あまり人は多くない。公園の真ん中に陣取って、啓輔と晶子を相手に財部が言う。

「じゃあ、俺があっちからイガラシ君を放すので、二人は名前を呼んであげてください」

ルールを説明された二人は、渋々といった風に頷《うなず》いた。両者とも、このやり方に完全に納得した訳じゃないらしい。

財部がイガラシを連れて離れていくのを見ながら待機する。

二郎は、公正にするために晶子から預かったツクネのリードを持ちながら、啓輔に近寄った。

「それで、どういうつもりなの」

「は？　何が？」

「この前手放した時は、せいせいしたって言ってたでしょ」

二郎の追及に、啓輔が一瞬怯《ひる》んだ。けどすぐに「いやさ」と不服そうな表情を作った。

「イガラシの写真集が出版差し止めになっちゃってさ。無許可で撮ってたのがいけないとか、すっげえ注意されたんだよね」

「だろうね」

二郎の相づちに、啓輔がムッとする。しかしすぐに、自慢げな表情に変わる。

「でも使えるヤツもあるから、新しいの撮って水増しすれば、また出せるって。ほら俺、写真集楽しみにしてたからさ。だから、イガラシが必要なんだよね」

「ふーん」

なるほど、と二郎は思った。理由を逐一、丁寧に説明する啓輔を見ていれば、伝わってくる。建前上の理由は、そういうことらしい。

「それだけ？」

二郎がぽつりと聞き返すと、啓輔がオーバーに食いついてくる。

「それだけって何。全部説明したじゃん。おじさん、ちゃんと聞いてた？」

「誤魔化したい気持ちは分からんでもない」

「……」

二郎の言葉に啓輔が黙り込む。しばらくして「別に、誤魔化してねえし」と独り言のように呟いていたが、その言葉が思ってる事と裏腹なのは、誰が見ても歴然だった。

二郎と啓輔は、やっぱり似たようなところがある訳で。

二郎には考えるまでもなく、啓輔の気持ちが分かる気がした。

「それじゃ、行きますよー」

離れたところから掛けられた財部の声に、啓輔と晶子が身構える。ミスジャッジがないように、二人の間には充分な距離が開けられている。

二郎もツクネを連れて、二人から距離を取った。

人の少ない公園が、さらに静寂に包まれる。四人の耳を打つのは、楽しそうに尻尾《しっぽ》を振るイガラシの、荒い息だけ。

そして――。

「ほら、行け」

財部がイガラシのリードを放した。両者が一斉に、イガラシを呼ぶ。

「イガラシ！　来い！」

啓輔は大きな声で、両膝《りょうひざ》を叩《たた》く。

「イガラシ。おいで」

晶子は優しい声で、両手を叩く。

端から見ると、勝負は見えていると思えた。優しい晶子と、荒々しい啓輔ならば、犬がどちらを選ぶかは自明の理だろう。イガラシが力強く走り出す。尻尾をブンブン振って、舌を出して、信頼するご主人様の下へ一目散に向かっていく。

二人がイガラシを呼び続ける。最初は、どちらに向かっているのか分からない。だが少し経てば、イガラシの進路がどちらにあるか、ハッキリと分かる。

啓輔も、気付いたのだろう。

「イガラシ、こっちだろ！　こっち来いって！」

大きく体を動かし、手振り身振りでイガラシを呼ぶ。声もどんどん大きく荒くなっていき、啓輔の必死さが伝わってくる。

イガラシはそれを見て、びくりと体を震わせた。

啓輔に驚いて、一瞬走るのを止める。あれほど振られていた尻尾が、だらんと下がる。

そこへ晶子が、優しい声を上げる。

「おいで、イガラシ」

ぴくんと鼻を上げたイガラシは、晶子の方をじっと見た。そしてまた、嬉《うれ》しそうに尻尾を振って走り出す。

真っ直ぐに、晶子を目指して。優しく広げられた両腕の中に、飛び込もうと――

「イガラシ……頼むよ……」

飛び込もうとしたイガラシだったが、その声に、晶子の手前で足を止めた。

晶子も驚いて、声のした方、啓輔を見る。

啓輔は、今にも泣きそうな顔でイガラシを見つめていた　実際、目尻《めじり》には水滴がじわりと浮いている。

「お願いだから、戻って来てくれよ。俺、俺、お前がいないと……」

さっきまでとは違う、懇願するような弱々しい声。

晶子も財部も、啓輔の変わりように呆気《あっけ》にとられる。

そこで、イガラシが歩き出した。進路を変えて、啓輔の方へ。皆が見守る中、イガラシはてこてこ歩いて、啓輔の所へ。

泣きかけの顔を、ぺろぺろと舐《な》めた。

啓輔の表情が、みるみる喜びに満ちていく。

「イガラシ！」

歓喜の声を上げて、イガラシを抱きしめた。ぺろぺろと顔を舐められながら、大事そうにイガラシを抱く啓輔。

やっぱり、寂しかったのだ。

建前ではあんなことを言っていても、本音ではイガラシに会いたくて仕方なかった。自分と一緒にいると幸せになれないと分かっていても、我慢することが出来なかった。情けない姿を晒すことになっても、もう一度イガラシとやり直したかった。

二郎には、それがよく分かる。同じ気持ちを抱いているから。

「いや驚いたね」

啓輔を見守っていた二郎の傍《そば》へ、財部と晶子が寄ってくる。

「俺はてっきり、鎌田さんの方へ行くと思ってたよ」

「私も、負けるとは思ってなかったです」

唖然《あぜん》とした様子で言う二人に、二郎は鼻を鳴らす。

「絆《きずな》というのは、端から見ているだけの人間には分からない物なのだ、うん」

と自慢げに言ったのだが、すかさず財部が茶々を入れてきた。

「それ、誰と誰の話？」

何も言い返せなかった。

ジャレあう啓輔とイガラシを見る。

顔を舐めるイガラシと、頭や胴をワシワシと撫《な》でている啓輔。

啓輔は心底嬉しそうに、イガラシを可愛がっている。そして、イガラシも。尻尾をパタパタと振って、ご主人様の顔を舐めている。

たとえ一緒にいることが、端から見れば不幸なことでも。本人達にとって、一緒にいることこそが幸せなこともある。

――一番つらいのは、信頼してる人に会えない事です。

景虎に言われた言葉が甦《よみがえ》ってきた。

そこへ晶子が、啓輔達の様子を見て感動したのか、機嫌も良さそうに聞いてくる。

「そういえば、一郎くんは元気ですか？」

「……」

二郎には答えられない。

もう一郎にはずっと会っていない。

会いたい。

一郎に会いたい。


人も犬も眠りについた夜の街。

ペットショップも既に閉店して、スタッフの姿はない。店内には月と街頭の光が差し込み、ほの暗いながらも全体を見通すことが出来る。

柵《さく》で囲われた、犬が自由に歩き回るサークルの中で、一郎が眠っていた。

決まったポジション。ここに来てから居座って、一度も譲ってこなかった場所で、一郎は体を丸めて眠っている。

その耳が、ピクっと動いた。目を覚まし、起き上がった一郎が、店の外を見つめる。

ガラスの向こう。そこに、二郎が座っていた。

一郎がウロウロとその場を歩き出す。何度も二郎の方を確認しては、落ち着き無くグル

グルと回る。

それを二郎は、あぐらのままじっと見つめる。久しぶりに見た一郎は、元気そうだと思った。特別やつれた様子もなく、二郎を気にして軽快に動き回っている。

それがたまらなく嬉しい。

一郎も、自分に会えて、喜んでくれている。

と、一郎が後ろ足で立ち上がり、柵の上へと前足を伸ばした。

サークルを上ろうというのか。一郎の身長よりもわずかに高いだけとはいえ、そのわずかは絶対的な高さに見えた。

それでも一郎は、ジャンプした。サークルの柵に何度も体でぶつかり、前足を柵の上に引っかけては落ち、ジャンプしては体勢を崩して床に転がり。

何度もトライする。だが柵は超えられない。

それでも一郎は、一生懸命にジャンプしていた。

二郎はその姿を、見つめるしか出来ない。ここに至っても、まだ自分に自信を持てなかった。自分は、一郎と一緒にいても良いんだろうか。

一郎は、別の飼い主を見つけた方が幸せではないだろうか。

そう悩みながらも、会いたい気持ちを抑えられなくて、ここまで来た。

そして今。

一郎が、自分に近寄るためにがんばっている。一緒にいたいから、壁を乗り越えようとしている。がんばってる。一郎ががんばってる。一郎ががんばってるのに、自分は――。

その時一郎が、サークルの上によじ登る事に成功した。

勢いをつけて、サークルの外に飛び出してくる。

「一郎」

二郎が呼ぶ。呼ばずとも、一郎は尻尾を振って駆け寄ってくる。

二郎の目の前に、一郎が来る。

だが一人と一匹の間には
ガラスの窓が立ちふさがる。

それでも一郎は二郎の所へ行こうと、ガラスを舐める。

二郎は、応えるようにガラスに手を当てた。

「一郎……一郎……」

涙がボロボロと零れていく。

嬉しかった。一郎が自分を求めてくれて、嬉しかった。

情けなかった。一郎の気持ちに気付かず、空回りしていた自分が情けなかった。

泣きじゃくる二郎の前で、一郎は必死にガラスを舐め続けている。

一緒にいたいよ。

そんな一郎の気持ちが、確かに伝わってきた気がした。

終章　自分でちゃんとやってみる、のだ。

早朝、社会人がこれから出勤しようかという時間帯。

芝家の居間に、財部たちは呼び出されていた。久々の集合。しかも二郎からの呼び出しとあって、財部の対面に座った富子と加代子は、怪訝《けげん》な顔で話をしていた。

「二郎君から話って何かしらね」

「またロクでもない事考えたんじゃないの」

あんまりなご意見だな、と財部は苦笑した。だが二郎の日頃《ひごろ》の行いが褒められた物でないだけに、仕方ないとも言える。

けれど、確信に似た物はあった。今日は、そんなに悪い話にはならないんじゃないかな、と。

そんな財部の様子が引っかかったのか、富子が質問を飛ばしてくる。

「陽ちゃん、あんたなんか知らないの？」

「いや、しばらく会ってなかったし」

と嘘《うそ》をついた。実は郵便を届けるついでに様子を見に来ていたとか、困っていたところに手を貸したとか、そういう気遣いは、心に秘めとくのが男というものだ。

というか、重男の前で、二郎への助力を知られたくなかった。

重男は、マユと二郎のお見合い以来、厳しい姿勢を見せるようになった。自分が二郎を気に掛けてたと知られたら、良い顔はされないだろう。

そんな重男に、加代子が質問する。

「父さんは？」

無言だった。腕を組んで、じっと何かを待っている。

その『何か』が、静かに居間へ入ってきた。

二郎だ。ヒゲも剃《そ》って、サッパリした感じになっている。

「何でこんなに集まってるのよ」四人を見て、二郎が不満を零《こぼ》した。

「自分で呼んだんでしょ」

すかさず富子が口を出すと、二郎の目が重男に向けられる。

「おじさんだけでいいんだけど」

他の三人の目も、重男に向く。

重男はどっしりと構えて、二郎と視線を合わせた。

「みんなで聞こうと思ってな」

「……それほどの話じゃないんだけど」

と、やっぱり二郎は不満そうだ。というより、恥ずかしいのかもしれない。あまり大勢に聞かれたい話ではないんだろう。

しかし、集まってるんだから仕方ない。

二郎もそう諦めたのか、ため息をついて、テーブルについた。みんなが注目する中、二郎が重男を見て呟《つぶや》いた。

「ちょっと、お金貸してよ」

場が、凍った。続いて、加代子が渋い顔をした。

「なにそれ」

もちろん富子も、渋い顔をする。

「それだけは言わないでやってきたでしょ」

完全に、二郎を叱《しか》りつける姿勢の二人。

けど、聞かれた張本人である重男は、落ち着いた様子だ。

「何に使うんだ？」

重男の問いに、二郎が毛玉だらけのスウェットのポケットから、封筒を取りだした。

「税金払う」

封筒――税務署からの督促状だ。

二郎の思ったよりもマトモな返答に、富子が虚を突かれたように戸惑った。

「税金って……」

「貸してもいいが、返す気はあるのか？」

そう言った重男を、二郎は真っ直ぐ見て頷《うなず》いた。

「ある」

真剣な眼差《まなざ》しだ。嘘や誤魔化しには見えない。

それでも富子と加代子は半信半疑なようで、二郎に半眼を向ける。

「また変なビデオ流すんでしょ」と加代子。

「違う」

「じゃあどうやって返すのよ」と富子。

「……自分でちゃんと、やってみる」

「……」

全員が、口を閉じた。

二郎の言葉。自分でちゃんとやってみる。

それはつまり、ちゃんと働いて、お金を稼いで、自立するということだ。皆がずっと願っていた二郎の決意には、それぞれ思うところがあるだろう。

感心して黙り込んだ皆に、二郎が言う。

「だからおじさんたちも、変な小芝居して僕にお見合いなんてさせなくていい」

バレてたらしい。財部も含め、四人が視線を泳がせる。

二郎は小さくため息をつき、庭の方を見た。何かに想いを馳《は》せるように、庭を——外の世界を見つめて、言う。

「自分で守るべきものは、自覚している」

そう言い切った二郎の姿は、立派に見えた。

「……二郎ちゃん」

成長した親戚《しんせき》に、財部だけでなく、皆が嬉《うれ》しそうに微笑んだ。

「そうか」と頷く重男。

「なんか、良く分かんないけど、二郎君が納税するなんてねぇ」と呟く富子。

「借金だけどね」と茶化す加代子。

違いはあれど、二郎の新たな出発を祝福しているようだった。

最後に重男が、二郎の肩に手を置いて言った。

「がんばれよ、二郎」

そっぽを向く二郎。恥ずかしいのだろう。

と思いきや、二郎はやにわに立ち上がって、

「実は早速、がんばってみたんだよね」そう言った。

四人が首を傾げる中、二郎は照れ隠しなのか、誰とも視線を合わせようとせずに、早口でまくし立てた。

「前にね、うん、おじさんが掃除洗濯炊事くらいやったらどうだって言ってたから、うん。持ちうる知識を総動員して僕なりの朝食というやつを作ってみたって寸法」

今度は、四人の表情が青ざめた。

「人数分はちゃんとあるから、安心したまえ、うん」

そう言ってキッチンの方に引っ込んでいく二郎を、四人はただ見送るしか出来なかった。

二郎が、料理？　しかも、レシピも見ないで独学で？

財部も、こればかりは、悪い予感しかしなかった。

案の定、数日の間、トイレにこもることが多くなってしまった財部だった。

他の三人も同じだったに違いない。

園子マユは悩んでいた。

ずっと自分は、犬にとって何が正しいか、どうするべきかを考えてきた。けれど、犬にも個性はある。犬の数だけ幸せがある。

事実、マユの常識では理解出来ない、不思議な絆《きずな》が、確かにあった。だからマユは、考えた。

犬にはこうしなければいけない、と強制するのではなく、それぞれにとっての幸せを、優先するべきではないか、と。

ある朝、開店の準備に忙しいペットショップで、マユは出勤してすぐ景虎に許可をもらい、一郎と一緒に外出の準備を始めた。

一郎は大人しく、リードを付けさせてくれた。

尻尾《しっぽ》をパタパタと揺らしている。外出することが——どこに行くかが分かっているのかもしれない。

一郎を抱き上げて、マユは言う。

「お家に帰ろうか」

一郎は、じっとマユを見つめてくる。純粋な瞳《ひとみ》。何かを期待する瞳。家に帰れることが、心から嬉しそうな瞳。

「……ごめんね」

マユは一郎をぎゅっと抱きしめた。

そこへ、景虎の声が響く。

「みんな、ちょっと集まってもらえますか」

準備を進めていたスタッフたちが、一斉に景虎の方を見る。普段とは違う段取りに、誰もが首を傾げている。

スタッフが景虎の近くへ集まっていく。マユも一郎を抱いたまま集まった。

それを確認した景虎が「こほん」とわざとらしく咳《せき》をして言う。

「紹介しまーす」

それを合図に、控え室から人が出てくる。

のそのそと、緊張しているのか不遜《ふそん》な性格なのか、歩みも遅く出てきたのは、ボサボサ頭の中年男性。

芝二郎だった。

ついでとばかりに、後ろから財部陽介が現れる。

「！」マユの瞳が、驚きに見開かれる。

「今日からバイトで入りました、芝二郎さんと財部陽介さんです」

景虎の説明に、二人が揃《そろ》って「よろしくお願いします」と挨拶《あいさつ》する。けど、二郎はあまり声が大きくないし、財部はどこか乗り気じゃなさそうだった。

「お二人とも初心者ですから。皆さん面倒見てください」

とスタッフに笑顔を振りまく景虎をよそに、二人が隣で囁《ささや》き出す。

誰にも聞こえないよう声を小さくしてるつもりだろうが、前の方にいたマユにだけは、ギリギリ聞こえてくる。

「二郎ちゃん。何で俺もこうなるわけ？」

「僕一人じゃ不安でしょ」

「こんなの郵便局にバレたら、クビだよクビ」

「仕事じゃなく趣味ってことにしたら？」

小声で言い合う二人。

景虎がくすりと笑って、マユの方へ向いた。

「じゃあ、園子ちゃん」

「はい」

二人の様子に見入っていたマユに、景虎がクリアな瞳を向けてくる。

「二人の指導、宜《よろ》しくね」

それに二郎が続いて、マユを見てくる。

「……」何も言わない。どうやらマユのことを良く思っていないらしい。

でも、二郎はやってきた。一郎と一緒にいるために、ここまで来た。

マユの両腕の中では、一郎が尻尾をパタパタと振って反応していた。それだけで、マユはたまらなく嬉しくなった。

「はい！」

景虎への返事は、喜びが溢《あふ》れてしまったように大きかった。


二郎の初仕事である。

と言っても、人生〝初〟、ではない。母との鬼ごっこ中、富士山の麓《ふもと》でドッグカフェを手伝ったことがある。

接客業には経験があるのだ。なんてことはない、自分ならやれる、そう思っていた。

「ありがとうございました」

隅で掃除をしていた二郎が、会計を済ませたお客さんに挨拶をする。

しかし、すぐさまマユから指摘が入る。

「芝さん、声が小さいですよ」

「ハイハイ」

「ハイは一回でお願いします」

「……ハイ」

ちゃんと働くって、面倒だ。二郎は早々に苦痛を覚えていた。

声は大きく、ハキハキと、なんて言われるし。知らない人と沢山喋《しゃべ》って、商品の説明までしなきゃいけないし。始まってからずっと、犬がうるさいし。マユもうるさいし。財部は二郎が怒られても助けてくれないし。

早朝に訪ねてバイトさせてと頼んでみたら、景虎が「すぐに働いて良いですよ」と言ってくれた時は、結構ちょろいじゃないか、なんて思ったものだったが。

社会はそんなに甘くなかった。引きこもり生活の十倍、いや二十倍はつらい。

「芝さん、掃除、ちゃんとしてくださいね」

「……ハイ」

マユに注意されて、モップを持った手を動かす。と、そこへ別のスタッフの挨拶。お客さんがやってきたらしい。

「いらっしゃいませ」

それに倣って挨拶したが、いつもの呟きと大して変わらない。マユがジロリと睨《にら》んでくるが、お客さんに質問され、行ってしまった。助かった。

「およよ」

そこで、お客さんが誰だったかに気付く。鎌田晶子だ。腕にはツクネを抱いている。

晶子はマユに質問をした後、商品を手にしてレジに向かう。そこでもマユと、楽しそうに談笑しだした。どうやら晶子は、ここの常連のようだ。

二郎はそのまま、掃除を再開した。

しばらくして、晶子が会計を済ませて、帰ろうとする。

「ありがとうございました」

呟いた二郎に、マユがまた注意してくる。

「芝さん。それじゃあお客さんに聞こえません」

今度の注意は、不思議と胸に響いた。

店から出た晶子を追って、外へ飛び出す。

「ありがとう、ございました！」

十メートルほど先を歩いていた晶子が、二郎の大きな声に、驚いて振り向いた。

二郎を見つけた晶子が、意外そうに口に手を当てる。

そして、ニコリと微笑んで、会釈した。

すぐに前に向き直り、帰って行く晶子の背中を見届けながら、二郎は思った。

働くのも、悪くないかもしれない。

ご機嫌になった二郎は、店内に戻っていく。

そしてまた、細かいことで、マユに注意された。


二郎の初仕事は、午後四時に終わった。

注意されてばかりだったが、それなりの充実感もある。これならすぐに慣れそうだな、と自信を持って帰路についた。

その手には、一郎のリードが握られている。

帰ってきた一郎は、前より甘えん坊になった――ということもなく、預ける前と特に変化は見られない。いつも通りに、二郎の一歩前を、尻尾をぴょこぴょこ揺らして歩いている。

そんな光景が、二郎の心を安らげる。と、前方に二つの人影が見えた。

見覚えのある女性達。どちらも犬を連れていて、楽しそうに談笑している。

一度目は、二郎が冷たく当たって。二度目は、二郎が犬の幸せを思い知らされた。

彼女たちに対して、二郎にあまり良い記憶はない。

けど一郎は、尻尾を振って、ぐいぐいと行きたがる。

三度目の正直だ。二郎は、自ら進んで近づいて行った。

二人が二郎に気付く。こちらの顔を覚えていたようで、笑顔が消えて、知らん顔をされる。

それでも二郎は、二人に話しかけられる所まで近づく。

「……こんにちは」

意を決して挨拶すると、二人が驚いてこっちを見た。そこで二郎は、一郎を示して、がんばって笑顔を浮かべた。

「一郎です。今後とも、よろしくお願いします」

女性二人が、顔を見合わせる。そして、同じように笑顔になった。

「こちらこそ。一郎ちゃん、こんにちは」

片方の女性が見下ろした所で、三匹の犬がジャレあっている。追いかけ合ったり、鼻を擦り合わせたり、前足をお互いの頭に乗せ合ったり。

三匹とも、尻尾をパタパタと振っている。

「わあ楽しそう。仲良くしてね一郎ちゃん」

もう片方の女性も、一郎に向かって優しく笑いかけた。

そのまま二郎は、二人の女性と談笑を続けた。

何を話せば良いのか分からない、そう思っていた二郎だったが、犬を介すると、不思議と会話が弾んだ。

あそこの公園に、たくさん犬連れの飼い主が集まっている、とか。

犬のご飯は、あそこのメーカーのが優れている、とか。

自分の犬は、この前こんなことをした、とか。

他愛のない、犬への愛が溢れた雑談で、楽しい時間を過ごした。


二人と別れて、二郎は家路を進む。

「意外に話せるもんだ。なあ一郎」

そう話しかけた二郎の表情は、自然と笑顔になっていた。一郎もまた、嬉しそうに二郎

の一歩先を歩く。
夕焼けに染まる土手を、二郎と一郎は歩いて行く。
今日だけでいろいろあったな、と思い返す。
親戚に、自立を宣言した。お金は借りることになったけど、これからだ。
炊事をして、親戚にふるまった。好感触ではなかったけど、これからだ。
ペットショップで、バイトを始めた。怒られてばかりだけど、これからだ。
犬仲間と、雑談を交わした。今まで避けていたけど、これからだ。
何もかもが初めての経験で、失敗するのも当たり前。
生きていけば、嬉しいことだけじゃなく、つらい事も、苦しい事もあるだろう。
それでも――。
「なんとか、なるもんだ」
「ワン！」
合わせて吠《ほ》えてくれた一郎に、二郎は笑いかける。
何もかも、これから続いてく。
一郎と一緒なら、がんばって行ける。
そう思えた。

夕方の土手を歩いて行く、二つの影。
一人と一匹は、幸せそうに、家へと帰って行った。

あとがき

『マメシバ一郎』　企画・脚本　永森裕二

『幼獣マメシバ』公開から2年経った2010年3月に『犬飼さんちの犬』というドラマを書き終えた。

動物シリーズを始めて5年、シリーズと言いながら、それぞれの話がリンクする様な構成はキャラクターの交流も含めてやって来なかったが、この作品で初めてやってみた。

『犬飼さんちの犬』に『幼獣マメシバ』の芝二郎を出す。

それも前作から数年後、社会人として「労働」をするようになった二郎を出したい。

書き終えた脚本《ホン》を〝芝二郎〟を演じた佐藤二朗さんに見せた。

二朗さんのテンションは嬉しい事にマックスまで高まった。

ぜひやらせて下さいと。

家から半径3キロ圏内で生活していた中年ニートが、アルゼンチンまで行った前作。物理的な殻を破った二郎が、今度はココロの殻を破って社会に出る。『犬飼さんちの犬』での芝二郎は素晴らしく、ドラマだけではなく映画版でも登場してもらった。


『犬飼さんちの犬』の撮影中、現場で佐藤二朗さんが言った。

「もっと二郎」を演りたいと。

で、考えたのがこの企画だった。

『幼獣マメシバ』以降、『犬飼さんちの犬』以前。

その間、芝二郎に何があったのかを描こうと。


誰でも経験があると思うが、何か大きな達成感の後、一皮剝《む》けたと自覚した後、割とすぐに以前の自分に戻ってしまう。

付け焼刃のダイエットの様に、元に戻る。

人の成長のイメージは、階段を上って行くような右肩上がりの曲線ではなく、むしろ「円」。

同じところをぐるぐる回る。
でもその円が2周目に来た時、少しだけ前回より外側を回って大きくなっている。
それが私の人間の成長イメージだった。
これを「蚊取り線香的成長曲線」と呼んでいる。

二郎は、間違いなくこれだろう。というところからスタートした。
経験値は糧《かて》になるが、人を訳知り顔にもさせる。
地球の裏側まで行って物理的な達成をした。でも、ココロの国境は越えていなかった。
国境の先にあるのは「社会人」という二郎と対極にある存在。
二郎は本作で、この国境に臨むことになる。

脚本を書き終えて二朗さんに読んでもらった。
「ライフワーク」にさせて下さいと言われた。
本作で、二郎が辿り着いたのは社会人としての第一歩。
人と交わるという窮屈さへの覚悟。
さて、次なるステップは？

佐藤二郎さんのライフワークにすべく、
芝二郎のネクストステージを考えなくては。
本作に関わった全ての人々にココロから感謝します。
またぜひ次のステージで会いましょう。

２０１１年10月

幼獣マメシバ　マメシバ一郎

平成23年11月3日　初版発行

著者　数原亮太
原案　永森裕二
監修　田代裕彦
協力　アミューズメントメディア総合学院
　　　AMG出版工房
カバーデザイン　渡辺高志
写真　関 由香・山本千里

発行人　牧村康正
発行所　株式会社竹書房
〒102-0072 東京都千代田区飯田橋2-7-3
電話：03-3264-1576(代表)
　　　03-3234-6244(編集)
http://www.takeshobo.co.jp
振替:00170-2-179210
印刷所　凸版印刷株式会社

定価はカバーに表示してあります。乱丁・落丁の場合には当社にてお取り替え致します。
ISBN978-4-8124-4737-6　C0174
Printed in Japan